海豚飯店

二〇二三全國台灣文學營創作獎得獎作品集

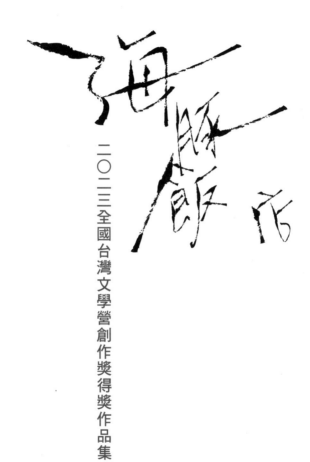

關愛
培育
夢想
躍起向上的力量

小說類

散文類

新詩類

心

李矜濬

小說類

首獎

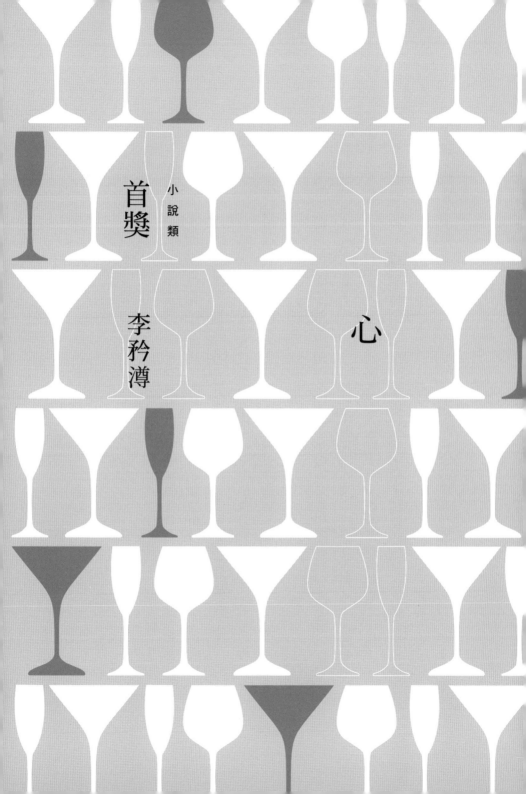

他大概是在車子過橋的時候醒過來。過了河，就進入了市區。遠遠的能看到台北車站赭紅色的屋頂。

他雙手滑過化學絨毛座椅，往前稍做伸展。他看著前排椅背上，化學纖維簡便防塵布上的戒菸廣告。某藝人穿著皮裙，拿著好像教鞭一樣的東西。他坐在遊覽車的最後一排，看著最前方理著小平頭的男子催促著大家下車。他也跟著起身準備下車。

下車後他看到同車的乘客笑著聊天，有些人拿出了塑膠扇子開始搧風，而有些人在人行道的樹蔭底下拿出了摺疊的小板凳就坐。總統府就在不遠處。天空無雲，一片湛藍。

「記得多喝水。」剛才在車上指揮的那位小平頭中年男子正好經過他身邊，並遞給他一瓶礦泉水。男子臉上有汗珠，以及一種忙碌過程當中隱藏在眉頭底下的興奮之情。男子注意到他的眼神，便笑了起來：「今天好天氣，老天爺也賞臉啦！年輕人，有當過兵吧？天氣熱，忍耐一下，沒問題吧？」男子拍了拍他的肩膀，便轉身繼續發送礦泉水。那名男子穿著一件青天白日滿地紅，國旗樣式的寬大T恤。他轉頭看了一下還未駛離的遊覽車，再從車窗的反射當中端詳著自己身上的青天跟紅色。

一年多前父親因病過世。之後，他離開了台北。他暫時借住在他姑姑位於台中近郊的家中。無業。姑姑信佛，常常出去參加志工活動。他拒絕了幾次姑姑的邀約之後，她似乎也不再嘗試。

父親發生意外當時，他正巧買完電影票。接到醫院打來的電話，父親在開車工作時突然失去意識。醫院判定是腦出血，情況不樂觀。他徹夜坐在開刀房外等待。姑姑以及其他親戚陸續趕來。姑姑哭紅了雙眼，而他，則不知道該擺出什麼樣的表情。

父親並沒有恢復過來。他在腦海裡想到的是電視劇那種會在一個鏡頭亮起，在另一個鏡頭熄滅的「手術中」燈箱，好像個開關，一扳就可能開啟人體的秘密機關。他在等待之中持續注視著手術室入口旁的液晶螢幕，而螢幕單調的顏色毫無動靜。在手術室外等待的人們像是搭一台無止盡往上的電梯，他們的視線會不自覺往上，最好最好，上面顯示著一排不斷累加的數字。大家的眼睛就可以一路從最左邊看到最右邊，像是一句又長又綿延甚至快溢出螢幕的字幕。他總是很怕沒有辦法在換幕前好好的讀完一句對白。

在宣告父親腦死之前，有醫院的專人來詢問器官捐贈的事宜。在父親出事之前，他也並不知道父親有一顆足夠健康可供捐贈的心臟。他發現他想像不出一顆心臟的輪廓或是影像，而周遭的聲音在他思考此事時漸漸模糊了起來。現在他心想的是，父親的心臟長什麼樣子？

「冠佑？劉冠佑？」姑姑的聲音將他帶回現實。他需要決定他父親心臟的去向了。火焰。他想像一個模糊的輪廓燃燒著。白色的灰。法會的呢喃。喪禮的那天應該要是好天氣。好天氣能出門去看海父親曾說過。

姑姑很希望能夠捐贈。「冠佑，我知道現在要你去想這件事情很殘酷，但是……」後面他其實聽不太清楚姑姑在說什麼，因為她一邊哭一邊說。

他不太希望別人誤會，雖然整個場景很像是他因為太過悲傷所以無法思考，而大家都在同情地等待著。等待著悲傷再揮發一些，沒事的。這樣對他的哀悼也會有所幫忙的，也許眾人的沉默蘊含一點撫慰的心思。

其實他只是很認真的嘗試去想像那顆心臟的各種細節，並猶豫著，是不是要看它一眼。

「我想這件事情姑姑決定就可以了。」他最後跟姑姑這樣說。

他沒有說出口的是：捐出去之後，我可以看一眼我爸的心臟嗎？

人群聚集，警察開始出現在各個路口。他被那位小平頭男子安排在面對舞台的右側。離景福門不遠處。舞台架設位於凱達格蘭大道的正中央，背對著總統府。他被分派的工作是跟著另外一位穿國旗衫的男人，在特定的時機，舉起一個橫幅布條。白色的布條上面用標楷體印著：「守護中華民國，延續民族傳統！」

他回想起前幾天在姑姑家中的對話。

「為什麼主題是守護中華民國？」他問。

「嗯？」

「我只是好奇，這個口號想表達什麼？」

「我跟你說，因為現在很多年輕人都忘記了以前的事情。我以前跟同學一起參加救國團的活動，而現在被講成好像也是一個不好的團體？也許以前發生過的歷史有一些瑕疵，但那跟我記憶中的中華民國是沒關係的。我們以前……」

他眼看姑姑越講越激動，緊接打斷：「我真的只是隨口問問。我還是會幫忙參加這次的活動。姑姑，我很感謝妳，妳知道的。」

「唉。我知道。」

姑姑起身到了廚房倒了一杯水。他瞄到姑姑拿的馬克杯上印著前任總統的低解析照片。

「要不是你姑丈要去開刀，我非常想自己去參加。」

他此時看著電視上的節目，節目中的藝人正在沙灘把另一位來賓的身體埋進沙灘裡。

「那些伯伯阿姨都會照顧你，他們人都很親切的。」

「我知道。姑姑妳不用擔心。」

當時，在捐贈的手續都處理好之後，他回到家中便開始上網搜尋。他找了維基百科，得知心臟在一開始發育時會是一個顛倒的Y型管。他勉強看出，從Y型的根部會長出心室，接著在兩側的分岔處會開始膨大，接著經歷了扭轉、摺疊，於是四個房間就這樣安定了下來。以前生物課學習到心臟有兩個心房兩個心室，並且會有兩次的搏動聲「Lupp，Dupp，拉噗，搭噗，拉噗，搭噗。」他在腦海如此想像著心音。

他也搜尋影片。有些影片作出了生動的心臟跳動動畫，搭配一條一條的心電圖跟心音的音效。在搜尋影片的過程，他注意到了一些印度的外科醫師開刀的影片。那些影片只會拍到心臟，以及醫師飛速操作的手。在那之中，他看到了心臟上面長滿了錯綜複雜的管子，包含血管樣貌的或是人工樣貌的混雜在一起難以分辨。

看完影片的那個晚上，他夢到了一個水上遊樂園，而他正在滑水道入口前排隊等待。他站在一個樓梯塔上，可以清楚俯瞰下方紅色的池水，以及在滑水道遠端，有一個Y字型的分岔點。這讓他聯想到電影「鬼店」當中從電梯傾瀉而出的紅色巨流。但在夢裡，他並不害怕。輪到他了。他低頭進入滑水道圓形的開口，坐下，感受水流從大腿兩側流過。雙手交叉抱胸，躺下，他溜了下去。滑水道裡頭很黑，讓人被迫侷限在速度當中。只有速度，但是沒有方向。在不斷的加速當中，他一心等待著那分岔點，同時忐忑著，要往左還是往右？他嘗試著扭動屁股，藉以控制左右。他感受到沿著水道牆壁的旋轉。突然間他感受到一股強勁的向左的拉力，他心想，應該過了那Y字分岔了。正當他這麼想，他感覺下滑的軌跡開始忽左忽右，像是在一條蛇的肚子裡頭。另外，他也感受到下滑的速度越來越快。他突然感覺他已經在這個下水道裡面很長一段時間了。沒有左右，也分不清前後。他想，還是其實他正在垂直墜落的過程當中？他感到害怕而大叫了起來。頓時水道裡頭充滿頻率各異的回音。而後他看見前方出現了圓形的亮點。是出口。他眼看著那個光點越來越大，雙手不自覺的舉起擋在眼前……

他醒過來，全身汗濕。

「政府無能，全民遭殃！」舞台上的主持人帶著台下的民眾喊著，並且不時穿插著造勢喇叭聲。他仍然在舞台的右側，目前暫時不需要將布條舉著。跟他搭檔的伯伯也趁空跑到附近的台大醫院去上廁所。在他周遭的人們呼口號的同時，他有時配合著節奏對嘴，有時則是用一般說話的音量念出。此時他注意到隔壁區一陣騷動。一名阿伯突然跪倒在地上，停頓了一下，而後哭喊：「苦民所苦啊！」他這麼一喊，周遭的人似乎被點燃了，便也開始大喊大叫。因激情而張狂的眾多表情在烈日底下顯得通紅。這畫面讓他聯想到馬諦斯的畫作，幾個赭紅色的人形，在畫布上舞動。狂野的色調。苦民所苦。

他坐在紅色的塑膠椅上。在大家的熱情被點燃之後，他彷彿看見一排又一排的紅色塑膠椅配合著口號在扭動著。這類塑膠椅的椅腳很容易便能彎曲，回彈之後通常會快速磨擦地板。粗糙的柏油路，在這樣的磨擦之下，會發出一種低頻的聲響，像是一種挖掘的聲音。倥！倥！倥！他聽見了，此起彼落的這種聲音。他拿起方才的礦泉水，發現剩下三分之一。他將剩下的水一飲而盡。他抬頭看見熱氣所造成的空間扭動，好像有什麼從地面蒸騰而上。一團又一團鼓動的中華民國國旗衫，以及喧鬧的紅色塑膠椅也加入了舞動的行列，像沿著地面流動的岩漿。

他坐下來休息，並低頭開始滑手機。這股狂熱開始讓他有點暈眩。他將網頁書籤打開，往下滑便是各種心臟血管解剖構造的縮圖。他的手指停在一張血管的橫切面，而在另外一頭的血管像是要逃跑的一般扭動，也像是置身在這蒸騰的炎熱天氣當中。那張圖中用不同顏色大約標誌了血管的三層結構，旁邊寫著一些專有名詞。那個切面的內緣似乎畫著一些粗糙的構造（刺眼的陽光讓他很難看清手機螢幕），帶有一些岩石的質地。他想到山壁上偶爾可看見的褶曲。擠壓而成的構造。他連帶想起地科課本上面關於斷層的繪畫，９２１大地震的照片，以及某座隆起的操場地。然後可能在課本的某一頁，穿插著一張照片，轉錄這些被時間默默擠壓成多層次的構造。在這裡，某些東西斷掉了，斷裂了，斷交了，斷然的。斷掉的那一截，他想像，被卡在這裡了。

也許在心臟的褶曲生長過程也有些生物組織斷裂了，掉落，然後就被卡在某個再也不會被宇宙察覺的地方。

這時他發現剛才左前方鼓譟的人群，開始往某一點靠攏過去。看起來好像起了爭執，但他聽不太清楚。他開始耳鳴。他深呼吸，嘗試讓自己放鬆。左前方的騷動對他來說，越來越像一幅渲染開來的畫作。他分不清他們在找誰理論，也發現那些人衣服上的色彩在他眼裡全都融成一團。他意識漸漸模糊，並從紅色的塑膠椅跌落下去。

他注意到他行走在一片樹林當中，而不遠處有一名男子。在這片樹林，當下只有他們腳踏過落葉發出的窸窣聲。「嘿。」他嘗試與男子搭話，但那名男子只是繼續往前走去。

「我講一個故事給你聽好不好？」他們始終隔著一段距離走著。他自顧自地開始講述：

「一切可以從一根管子開始說起，或是要稱呼它為一個球面？算了那不是重點，畢竟現在的幾何學都已經太複雜了。這算是那種曲折的成長故事。扭曲、擠壓，都在沉默當中發生。我們人都是從一個單純的幾何形狀演變而成，那袖珍迷你的胚胎。某個時間點你會覺得好像吹氣球一樣，一切越吹越大。然後在深處你會有了自己的幫浦。拉噗，搭噗，拉噗，搭噗，沒日夜的運作。然後我們在這身體漸漸完好的某個日子，借助血液供給，會想出了一個計劃。各式各樣更新的計畫。這一切可能來的突兀，卻不是沒有原因，像一座火山島的形成：一片黑暗當中好像所有存在都在憋氣，而在普遍盲目的環境當中，有什麼在騷動。起泡了。無聲的沸騰著。什麼都是就這麼開始了。一切流出的碰到了海水冷靜了下來，沉澱變成了黑色。我們遲早都會沉澱變成某個顏色。」

前方的男子在一個分岔路停了下來。他注意到周遭開始吹起微風，樹枝輕輕地晃動，陽光在其間不時閃爍。

他嘗試往前走近，想看清楚他的臉。那名男子的臉躲藏在帽沿的陰影底下。他發現男子選擇往左邊的小徑走去。他快步跟上，但在跟著左轉之後，他來到了一片林間的空地。空地周遭並沒有看見男子的蹤跡。樹冠依舊蓋住大部分的天空，只有在中間留有一個圓形的空隙。他看見樹上滿是鮮紅色的葉子，而葉片的末端至少有超過十個分岔。隨著風搖曳的過程，他隱隱約約看到他們緩慢但持續的分解成更細緻而更複雜的葉片。像是紅色的雪花。

空地的正中央，有一顆幾乎跟他等身高的心型的樹木，沒有葉子，只剩下展開的枝枒。他走過去近看，發覺這顆樹異常的巨大。他撫摸著那樹木的紋理。上面密布了一些長條狀的樹瘤。像是血管。他看見樹的頂端，最粗的分枝往後彎折，幾乎成一弓形。他順時鐘繞著樹幹走，走到了另外一側才發現這樹幹早已中空。他蹲下來看著這個半個人高的樹洞，並試著探頭進去。他驚訝這個空洞竟然向下延伸，看下去只有無底的闃黑。他拿出手機打開手電筒，往樹洞的深處一照……

他驚呼一聲。在樹洞深底，他依稀看見一名男子全身赤裸，手腳彎曲側躺蜷縮如嬰兒。他看見男子身體隨呼吸而起伏。

「嘿！」他朝樹洞內的男子大喊。樹洞底下的男子對他的叫喚沒有反應。

「他會醒來的。」他突然聽見異常清晰的聲音。他抬頭看了一眼透過樹冠的光。

「你期待他醒來後說的第一個字。但他必須提早跟你說再見。他說，我會在那裡默默地營生。那是你還未能去到的地方。他說，他總是用盡方法備忘。他說，他繼續說，請原諒我。」

聲音消散。他探頭查看那名男子，卻發現他似乎逐漸縮小。他著急地用手機的光往下亂照一通，而漸漸地發覺這個像是井一般的樹洞正急速的越長越深。他回頭看了一眼。然後他將整個身體都探進了樹洞，順勢跌進那黑暗。在那其中，他旋轉著。終究是有盡頭的墜落，他想，像是一股早已出發的血流，繞了一圈仍然會回到原點，只不過這一切真的是太過漫長……

他醒過來。他發覺他已經被移到臨時搭起的塑膠棚子底下，被打了點滴。其他穿著國旗衫的男男女女仍然在棚子外激動的吶喊。

他坐起來，將頭埋進臂彎，無法克制地哭了起來。

個人簡介

李矜澊

本名鍾宜航。一九九〇年生於台南市。中山醫學大學醫學系畢業。

學生時代的文字大都在已消失的無名小站。

十多年後再次發現寫作，參加過台灣共生青年協會舉辦的二二八短篇小說創作工作坊。曾在國藝會線上誌以極短篇獲藝術家賞。

得獎感言

沒能問出口的問題

我一直都不是很會問問題。若有必要提問的時候，我總會心跳加速。在公開的問號裡，有一種羞恥的感覺。臉皮薄，自尊心過剩，也許我也是一隻公猴子，擺脱不了只能遠遠的叫卻無能爭搶地盤的哀傷。經年累月的叫聲成了一些延宕的回音，像是「嗯」，像是「啊」。或是嗯嗯啊啊。我欲言又止。但那些沒能問出口的問題，時常滲透進我的生活。有時，我的行為或決定，有沒有可能是一種對這個世界祕密的乖張的提問方式？我問，我觀察。有時察覺世界總是渴求一種確定的、扎實的答案。這個發現卻讓我感到更加徬徨。

我偶然地重新發現了寫作這件事情。安妮．艾諾在她提到寫作時引用了一句尚．惹內的話：「罪惡感是敦促一個人寫作的最佳動力。」疊加又疊加的層層問號之中，罪惡感，羞恥感藏身在裡面偷偷的發出聲音。過程可能是這樣的，我寫了一些東西，將沒能説出口的問題，一點一點的慢慢釋放，然後歸還給這個世界。過程很安靜。這次的獲獎像是回應了我的秘密提問，而我對此感激不已。以後，我就能再更加無恥一點的，繼續將心底的問題傳送到這個世界。

最後我希望感謝我的家人。感謝 H。感謝 V。

仙人掌切開來都是紅的

小說類

佳作

玄菡

為什麼仙人掌冰都是紅的？

第一次吃仙人掌冰，妳五歲，在屏東，驚於它的清甜，每次經過仙人掌，不禁想像剖開後汩汩流出的紅汁。後來，妳拿零用錢買了一盆仙人掌。母親要妳放陽台，免得生蟲。

一天下午，她回家。女兒拿著剪刀，站在陽台，面前的盆栽只剩半棵仙人掌，另外半棵已經成了數塊不規則的爛肉，分散地面。

原來並非每棵仙人掌都是紅的，妳心想。汁液不甜，但很清爽，透明色。

人們對仙人掌的評價可以分成三種。

有人懼怕那些刺。隔老遠卻認為它們會刺進自己的手掌、指尖、指甲縫。一看見仙人掌，立刻遮住自己的皮肉迴避。

有人喜愛圓潤的形狀。只要別觸碰它們，刺就像寵物毛罷了。他們愛仙人掌的不吵、不鬧，不太需要澆水。

也有人不以刺或外形評價仙人掌，喜歡與否是以仙人掌對他們說的話而定。他們堅信仙人掌會說啟示、或可愛、或日常的話。

（他們通常也是仙人掌。）

逢年過節，他們從台灣各處聚回屏東。外公安靜，起皺的眼睛盯著飯桌旁的每個人。除了二女兒和P，其他人下意識避開視線。

雖然是二女兒的女兒，但家族孫輩裡最年長的是P。只是個外孫女。

（縱使如此——外公最引以為傲的也是P。）

親戚直到幾個月前還是第一種人，母親一在家族群組宣布P上榜消息，他們就笑得開花，變成第二種人。

只有外公是第三種人。他每次見到P就問：「妳記得妳在屏東長大嗎？」

P點頭：「記得。」

他還想再問，但女婿拉住他，笑著岔開話題：「爸，上次帶你去醫院……」

外公嗯哎幾聲，回頭還想再講，P已被叫離客廳。

「妳怎麼穿著外套？」阿姨笑著臉問P：「屏東跟台北比很熱吧。」

「防曬。」P也點頭微笑，將袖子往手腕拉。

袖子的陰影底下都是刀疤。母親多次暗示她醫美去除疤痕。

母親不是第三種人，P心想。

當初挑盆栽，母親說：「那些刺如果拔掉的話，仙人掌會死掉嗎？不會的話——那些刺，它們真可怕。」

年齡漸長，剪碎的行為便減少了。妳學會如何用眼睛看，用耳朵聽，以這種方式拆解周遭的每一棵仙人掌。

在妳的故事裡，這些碎塊又會被東拼西湊，貼成另一棵單薄的仙人掌。

在一座到今年都沒有便利商店的村莊，他賣了農地，讓三個女兒和兩個兒子都能上學。但除了二女兒，四個孩子都害怕爸爸，因為他嚴厲，沉默，背影多於正面。

數十年前，村民們講起黃家，都說老黃起肖，花大錢給查某囡仔讀冊。

二女兒成為教授，其他四個孩子也讀到碩士時，已經過了二十年，老黃從瘋子變成模範父親。官員頒了匾額「嚴教慈範」，比電視還大，擱客廳五斗櫃上。

頒獎典禮，高中的P也在。

（當時已診斷肝癌末期，但大人只說身體不好。）

外公捧著大花束，深艷的紫與紅，笑得有些發窘，不知道有做什麼能得獎的事。

只有外公是「第三種人」。他喜歡戴金閃閃的老花眼鏡教 P 英文和日文。知道 P 考上台大，高興得流淚。

醫生七年前說頂多撐三到五年。外孫女上榜，是他過世前兩個月的事。

（但外公不知道的事很多。例如 P 的怪癖。她從小喜歡把手放在仙人掌上。仙人掌的刺插進稚嫩的掌紋。接著，細細端詳手上的一個個小洞，用琉璃珠眼睛記住映像。）

外公死後，妳開始想寫他。

妳不想也難，因為母親突然開始說起外公的許多事蹟，突然地讓妳知道了原來在那些妳記憶太深的地方，外公曾經對妳和母親說笑過那麼多次。

妳以前最瞧不起葬禮上或葬禮後才開始稱頌別人的人。

今年二十歲了。妳也成了這樣的人。

農曆年初，P 和父母回到屏東。他們三人在客廳和外婆聊天，外公從房間慢慢走來。

P 的表情太誠實。

（母親說是腹水。）

瘦老人剩骷髏形狀，挺著圓滾大肚子。

（非洲難民。外星人。）

外公扭過臉：「我不像人了。」

P來不及愧疚，立刻換上關切的臉色，前去扶外公：「別這麼說，外公會好起來。」

「不會。」外公輕輕說，「醫生也說不會。」

外婆擺出隨他去的臉色。

兩個老骨頭，一個嫌她愛哭，一個嫌他脾氣壞，數十年只剩下爭吵。

他們在客廳聊天。外公掛了十字項鍊，向信仰基督教的二女兒說想受洗。還沒喬定時間，老人屁股沒肉不好坐，體弱又發冷，決定回房。

P攙扶他。房裡大鏡子映照兩人的身形。

P說：「我最近在練習油畫，很大一幅。送給外公掛在房間吧。」

外公笑：「不用，沒有地方放。」

鏡前的小盆栽像仙人掌，沒刺。不曉得誰送的。

最後，妳沒能送他油畫。其實妳根本不會油畫，只是想換下那面照妖鏡。

妳至今都記得當時太久的誠實。

直到外公死後半年，妳依然記得——

外公是看到妳的臉才撇過頭哭出來的。

二姊開工時間受疫情延宕，讓女兒先回台北，自己和丈夫繼續待在那兒陪伴爸媽。大弟也在。

週日凌晨，看護敲她的房門，說：「叫不醒了。」

二姊和隔壁房的大弟都醒了。那時凌晨五點。

兩人趕到父親的遺體旁邊。像平時睡覺，側臥面牆。一摸就知道冷了。

被吵醒的媽媽由看護扶到床邊。她伸手扳過丈夫的臉。

救護車也來了，說送醫也只是再送回，不如聯絡禮儀社。其餘孩子奇蹟地從外地直奔而來，生意忙碌的大姊夫也是。

二姊說，爸進加護病房時提過，要用基督教的方式辦。

孩子們點頭，準備聯絡牧師。

大姊夫低聲提醒：「黃家祖先沒被拜到，就會全怪在爸頭上了。」

媽媽痛哭出聲。

最後，爸爸的後事照傳統道教辦理，所有人都必須披麻戴孝。

母親說，算了，儀式只做給生者看。

（遠方餐桌上，大口扒飯、邊看電視的大姨丈，與他一旁食不下嚥的外婆。）

妳們在樓梯口吃飯。大阿姨走來，扮歉意的哀相，說儀式讓妳們不舒服，非常對不起。

母親說，我只覺得對不起爸。

妳低頭盯著飯盒。大阿姨的拖鞋走回客廳餐桌。

外公在凌晨走，他們也凌晨出發。通往靈堂的路一盞燈也沒有，車子在林間安靜滑行。

他們圍在遺體旁。臉色泛白，但比活著時圓。肚子稍扁。像睡著了。

道士用台語說些要讓外公記得庇護後代等話。每說一句，他們就要附和一句：「有喔。」

男人們聲音低沉響亮，整間靈堂為之發顫。

「有喔。」

「有喔。」

P不敢閉眼，她要把所有畫面、聲音和味道鐫刻在眼底。它們在她的腦扎無數小洞，隨靈堂震動。

入棺前，妻子摸丈夫的臉，摸頭，摸手，摸肚子，摸腿，摸腳。「謝謝你陪我一生，一路好走。」她說，摸頭，摸手，摸肚子，摸腿，摸腳。「一路好走。」她又說，將丈夫的鞋子再扣牢些。「如果太孤單，就來帶我……」

孩子們落淚了，扶著也伏著媽媽。

最小的孫子還只有四歲，琉璃珠大眼睛望著大姨丈肅穆側臉，每個叩拜和上香，肢體直角跟量角器一樣精確。四歲的小表弟邊看邊憨笑。

天漸漸亮了。

把老婦人扶椅子，孫子們緊跟在後。安頓好老人，父母們轉過身來向孩子們說話，叮嚀他們要做什麼、不能做什麼，聲音又沉又濁。因為身分，P這時才被允許披上白帽，髮夾固定，像婚紗。

「要叫黃先生『爺爺』的——」四歲小表弟眨著眼被推進去。

P突然想把奶臭味的小傢伙扔出靈堂，理直氣壯：「我已經二十歲了。我才是跟外公處了最多年的孫。」

但她沒有。

「要叫黃先生『外公』的——」

P和其他外孫魚貫走進。

過一會兒，又來一個老先生。是孩子們的舅舅。

女兒們最先看見舅舅。她們擁抱他，哭得話都模糊不清：「我們沒有爸爸了。」

老先生離開後，大人回到孩子身邊，只剩眼眶泛紅，以平板冷靜的聲音對孩子們說：「別亂碰。去洗手。」

天已大亮。

外公的棺運上黑車，繞場一周，停在焚化場前。一行人跟於其後。

棺被抬到焚化爐前的軌道。孩子們都到棺前跪落。道士揮起道具——老婦人倏地從輪椅站起，也要下跪，嚇得孩子們又衝回來，扶起媽媽；但她一倔強就誰也攔不了，嚎叫著定在地上，又昏過去。孩子們連喊「媽，媽，醒來啦！」邊搓她的臉，才回過神。

道士和禮儀人員互換眼色。

（P知道他們心裡想的——該不會要連續辦兩場？）

孩子們叫看護帶媽媽去外面休息。P也跟著跑了出去。外邊，老婦人仍在哭泣。P跪在輪椅旁，握住又皺又鬆的手，說：「外婆，讓我陪妳好嗎？我也好想外公。」話未完，淚流得比外婆還多，老人家倒冷靜下來。

（P猜她心裡想的——平常都不來，現在才說想？）

看護抽幾張衛生紙，小聲問：「需要嗎？」P搖頭。她現在不能擦淚——擦了就乾了。

她們握緊彼此，直到其他人出來。大姨丈正提醒：「十點，便當快到了。」先生遺照印兩張。老寡婦將一張放客廳，「嚴教慈範」匾額中間。轉眼卻用力扔掉先生的遺物，歌單、時鐘、藥品。看護在外頭一一收進垃圾袋。

（妳其實偷偷從垃圾袋撿回那小仙人掌盆栽。刺正慢慢長回來。）

但她和妳獨處時，又反覆提起，妳外公知道妳考上台大，高興得流淚。

離開前晚，他們圍著飯桌用餐。妳人生大多數時候都能佔據外婆左手最大的空位，但這幾年兩個舅舅結婚，再添三個小孩，就算大阿姨一家提早回去，妳還是只能站著吃。外公的位子由大舅舅坐著。

後來聽說外婆宣布財產只會分給大舅和二舅，妳才恍然大悟為何晚餐少了一家。直到晚餐結束前，忘了他們談到什麼話題，舅舅隨口應道：「有喔。」

妳的筷子震了一下，噴出飯粒，落在地上，被嬉鬧的小孩踩扁。

所有的仙人掌都是紅肉嗎？

「不，」Ｐ說，「剛好我們吃的仙人掌是紅肉而已。」

知道那些仙人掌切開來都是紅的，Ｐ也沒再剖開它了。她至今發現——外公死了，她才，她竟然——真的懂事了。

個人簡介

玄菡

一邊寫小說和讀書一邊有著嚴重職涯焦慮的人。小小的願望是希望台灣對於有在認真創作的人也能給予合理的報酬。也希望台灣可以永遠都是能自由創作的國家。

得獎感言

阿公對不起

謝謝評審，也謝謝每一位老師。

最後，希望家族沒人看到這一篇。

話說上次去靈骨塔看外公時跟他說我會好好讀書，結果回家要通宵打 LoL 時只有我的書房突然大斷電。嚇死我了！

阿公對不起啦，我會乖乖寫論文，可不可以保佑我趕快畢業？

（這篇算是消費外公嗎？不曉得。但阿公，你的故事又得獎一次了喔。這次是跟你孫女一起合作欸。有沒有跟「嚴教慈範」一樣帥啊？）

飛機經過的晚上

小說類

佳作

宋家宏

夏天的最後一個晚上，突然就下起了淅淅瀝瀝的雨，我躺在空了一半的雙人床上，腳背旁堆積著尚沾染著妻味道的涼被，我將腳埋在裡頭相互糾纏摩娑著，彷彿這樣做妻便會離我近一點，聽見雨點打在窗戶上的聲音，在雨滴和聲音的間隙裡，我突然想起妻在離開前對我說的一個故事。

將它歸類成故事似乎有點對不起妻，但我想不出能比故事更貼切的詞語，而且我以離開的妻立誓關於現在所說的一切都是從妻的口中一模一樣的複製出來的，我還記得那天夜裡藉著月光看見埋在臂中的妻，那個姿勢像是妻正從我的身體中長出來，彷彿一株幼嫩的苗，我將虎口攏在妻蒼白的頸上，雖然只是虛虛靠著而已，但妻仍在月光中輕顫著眼望向我，她濕潤的眼睫互相糾纏在一起，接著妻軟弱的聲音浮游在空氣中，飄渺的像是經歷幾次折返。

妻開始用軟軟的嗓音對我說了個關於她在少女時期曾被一個男人綁架的故事。

但這並不是故事的開始，妻首先向我描述了關於她童年和青澀少年時所居住過的地方，妻和當地的居民稱城市為M城，M城被包圍在煙霧繚繞的山中，城中的蟲蟻是妻在離開家鄉後所見的數倍大，她將這些歸咎於山中的神靈，說這句話的同時妻望著我的眼睛，目光卻直直地穿過我，像是希望透過我看見些什麼。

故事從妻的幼年開始，妻一直不斷的說著話，但口中的字句十分斷裂，話語一出口就像被誰偷走了幾個字，這種細細碎碎的情況一直到妻說到少女時期才漸漸有了好轉的趨勢，所以我必須非常專注地聽著妻說的每句話。

妻開始描述她幼年時期的經歷，但我的印象並不是很深，無非就是鄉下孩童會玩的遊戲，妻說她有個要好的鄰居姐姐，姐姐是 M 城最乾淨的人，黑色的髮永遠柔軟的披在肩上，穿著各式漂亮新穎的洋裝，妻最喜歡姐姐穿著一件白色絨布裙襬滾著碎花的洋裝，她說當午後的陽光照到坐在門前曬著太陽的姐姐時會使她整個人鑲上一層金邊，那時的姐姐像妻最喜歡的金黃奶油甜餅，姐姐會伸出白皙纖長的手牽著妻去 M 城口的小廟拜拜，然後從口袋掏出當時深受各個孩童喜愛的零嘴給妻，妻握著那些零食，和姐姐一起走向回家的路，夕陽將影子拉的狹長，姐姐眨著眼對幼小的妻說只要將喜歡的人的影子踩三下那麼那個人就不會不見。妻對我形容了那時姐姐的眼睛，清透的澈底，迎著夕陽對妻笑的柔軟暖和，像在眼中藏著零星的火光。

妻當然對著鄰居姐姐的影子狠狠的踩了不只三下，但妻說 M 城的女人幾乎都不喜歡姐姐，妻的母親同樣如此，她不允許妻和鄰居姐姐有過多互動，她曾經在午睡時間聽見母親和M城的其他阿姨們聚在一起，背對著臥在沙發上的妻，像是在進行某種古老的儀式，但儀式的主要活動只是用牙嗑出瓜殼裡的瓜子，妻聽見母親用一種她從未聽過的尖銳卻小心的聲音說著姐姐的壞話，嘴裡吐出的話一串一串的落在地上，後來母親因為咬不出瓜子所以暫停動作，妻瞇起眼看見她從瓜殼裡剝出扁小的瓜子肉，大力咀嚼的樣子像口中咬著的是姊姊的指骨。

但妻對母親的話不為所動，她喜歡那麼乾淨漂亮的姐姐，也喜歡姐姐柔嫩的手貼著她臉頰時溫潤的笑，妻在某個夕陽即將落下的傍晚來到姐姐家門口，手裡握著母親給的奶油餅，她認為姐姐一定會喜歡這個和她長的相像的甜食。妻一邊疑惑今天姐姐沒有牽著她去城口的小廟拜拜，也沒有在屋外曬太陽，她發現姐姐的家門鎖著，於是妻鑽過屋旁的樹叢，繞至姐姐的屋後，她還沒跟任何人說樹叢的角落有個小洞，妻對這個祕密通道暗自竊喜，她相信這是她和姐姐的共同秘密。

接著妻踩著屋後的磚頭，探出身體想給姐姐驚喜，但妻發現鐵窗內的窗簾拉的嚴實，於是妻將幼小的手指穿過鐵窗之間的間隙，掀開窗簾的一角。

我還沒從妻究竟看見了什麼中回過神來，便聽見妻細弱的抽泣聲，我在黑暗中伸出手將妻的淚水抹去，故事又斷斷續續地延續下去。

妻說有兩具身體疊在一起，互相糾纏和前後聳動，姐姐橫躺在她的單人床上，黑髮不再柔順的披在肩上，它們彼此纏繞在一起，幾乎撲滿了姐姐的枕頭，有些幾綹幾綹的黏在姐姐乾淨卻佈滿汗水的臉上，她的臉上暈著晚霞的顏色，妻看不見壓在姐姐身上的男人的臉，因為掩在傍晚未開燈的灰黑光線中，她只能看見男人肥大蒼白布滿斑點的身軀，老舊鬆弛的皮肉因為聳動而擺盪，浪一般打在姐姐潔白的臀上。妻感覺她握在手中的奶油和掌心的汗融在一起，將掌心沾染的黏膩，這個陰暗的空間中妻似乎只聽見自己的呼吸聲，然後她看到姐姐突然將面龐朝向妻這，臉孔扭曲在一起，眼中跳躍的火光不知道在什麼時候悄悄無聲的熄滅，而且不再明亮澈底，水氣聚積在眼角，並緩緩的流至口鼻，像是痛順著五官蜿蜒，但平常溫柔的嘴角正高高的向上飛揚，妻分不清姐姐究竟是快樂或是憂傷，突然間妻聽見一陣巨大的飛機聲朝這裡襲來，整個空氣顫動起來，接著顫動從空中傳至妻身上的每處，使她的身軀和陰暗空間中的姐姐以一種同樣的頻率震顫起來，飛機聲夾帶著風和姐姐的高聲尖叫，一切在妻眼前爆炸。

妻想不起她到底怎麼回到家中的，爆炸使妻產生細小的耳鳴，而耳鳴讓妻恍惚，只是之後妻沒辦法再吃奶油餅，並且偶爾會聽見飛機聲。

再又一陣的沉默後妻終於說到那個男人，她說男人就這麼突然出現在M城，沒有人覺得憑空出現的男人奇怪，大家的日子照常的過，這個憑空出現的男人就這樣每天忽遠忽近的跟在少女時的妻身後，但妻說她不覺得這是件使人害怕的事，M城從前便流傳著一個傳說，就是那種關於癡情的男人和癡情的女人之間讓人齒根發麻的愛情故事，故事同樣是男人跟著女人前進，一直前進到好遙遠的地方我相信少女時期的妻當然不免俗地被這個故事吸引，我甚至可以想像，妻是帶著何種虛榮的目光和隱約的卓越感去向班上的女性友人炫耀，但妻的聲音突然直接強烈的朝我襲來，她趴伏在我的耳邊對我說：「故事就是這樣發生的。」

妻的聲音拔高了不知道幾個度，她說當時自己正在逗弄螞蟻，說是逗弄其實不過是將牠們一隻隻的捏死，雖然螞蟻的大小幾乎接近妻的指甲蓋，但妻說若是不將螞蟻弄死，傍晚睡覺時便會很困擾，要先將床榻上的蟻群揮落，有幾隻曾沿著妻的腿冉冉往上爬，妻在朦朧的夢中感覺到麻癢感，接著便是蟻齧的刺痛，妻曾用指甲在我臂上模擬螞蟻咬齧的痛感，當時我竟不能自主的流出生理性的眼淚。

在摁壓螞蟻的過程中原本始終和妻保持距離的男人忽然將蹲在地上的妻連拖帶拉的拽起，然後轉身把她扛在肩上，妻頭上腳下的記不清路，只看見自己長至小腿的碎花洋裝在男人跑步的過程中被風和山路的起伏擠壓在男人的腿上，像是皺褶的海浪。

男人不知道跑了多久，鑽過了幾條住宅和山壁之間的小路，再轉了一個彎，男人將妻放在一台老舊需要換檔的機車上（妻說她忘了機車的型號），在此之前妻並沒有坐過機車，但她卻十分熟捻的在男人催動油門時將手輕輕的扶在男人因沾染水氣所以冰涼濕潤的風衣外套上，再經歷過幾個稍微顛簸的路面後妻便緊密的環住男人。妻說大量的風朝她湧來，她可以看見自己在其中飛舞的髮絲，洋裝花一般的在空中盛開，妻在呼嘯的風中聽見巨大的飛機聲，像是在她耳邊進行一場爆破，而那場爆破使妻心中長久以來堵塞的地方流瀉出某些小小的，卻能輕易快速滋長的東西。

不知道過了多久，男人將妻帶進一棟廢棄的老舊住宅，鏽蝕的鐵門搖搖欲墜，一推開便漫天飛沙，屋裡有座小小的沙漠，沙漠中有小小的床和小小的窗，和一張破舊褪色的麻布雙人沙發。男人將靜默的妻抱起放在老舊的沙發上，妻向我形容了椅子的冰涼程度，我有些記不清妻當時用了哪些形容詞，大概類似於冰塊之類的，男人將妻輕輕放下後，背對著妻望向窗外，對妻說的第一句話是，你看見飛機了嗎？

妻說男人問完這句話後便點開打火機，妻看見火光緩緩地在沉寂的黑裡流瀉，還未流經妻面前火光便滅了，接著火光不斷的燃起又熄滅，妻看著男人的臉在濃烈的夜裡明明滅滅，於是妻在此後便篤定的認為打火機的功用就是使亮光淌至屋裡的每處，在光影的晃動中妻感到她的精神漸漸恍惚，卻又覺得這是她最接近清醒的時候。這時窗外傳來飛機巨大蓬勃的引擎聲，飛機帶動的氣流從窄小的窗中爭先恐後的洶湧而至，瞬間便充斥整個房間，妻感覺整棟房子大力的顫動起來，彷彿下一秒就要倒塌，男人丟下打火機奔至窗邊，妻不知道為什麼卻仍然疾步向前和他擠在同一扇窗中，將半個身子送出窗外，一架飛機從妻的頭頂呼嘯而過，夾帶的風可以將妻整個人掀翻，她在強風中瞇起眼轉頭望向男人。

故事說到這時妻便翻出我懷中，雖然現在看不到，但我可以清楚的想像出妻此時一定瞪著她異常明亮的眼睛。我問妻接下來發生了什麼，妻說之後她一個人縮在沙發裡，山上的夜裡既潮又涼，整夜什麼事都沒有發生，只有飛機不斷的經過，在妻陷入昏沉的睡眠前仍然想不明白那些飛機究竟去了哪裡？男人只是靠在窗邊數著經過的飛機，不知道過了多久，朦朧間有陣乾燥溫熱蜿蜒著爬上妻的臉頰，帶著的麻癢感和從前夜裡的螞蟻相同，妻說一定是早晨折進屋內的陽光，因為當她張開眼時男人已經不知所蹤。

說完話的妻像具屍體般一動不動，似乎連呼吸都停止。我微微撐起身，夜裡的漆黑在這時候似乎失去了意義，我看見妻的眼睛，眼裡連模糊的光影都沒有。

我發現這讓妻感到沉重。

但我不能說服自己相信妻的話，只是妻說的是如此的篤定認真，讓我下意識地認為她一定曾被某個不知名的男人綁架，然後在山中的夜晚共同度過了一夜。

隔天醒來後日子還是照常的過，妻似乎忘記了她曾對我說的這個故事，平淡的臉上寫著疑惑，讓我不禁開始懷疑這一切是否都只是我睡的恍惚時所做的一場夢，妻從未被陌生男子綁架過。直到某天接妻下班的路上，我們站在路口等著紅燈，幾十秒過後號誌變成了一個勻速行走的綠小人，人群海潮一般的向我們湧來，在我和妻被打散的同時，我聽見了妻地喃喃自語。

「那些飛機究竟去了哪裡？」

雖然妻幾乎是用唇語在說話，但我相當肯定真的聽見了妻的聲音。我轉過頭試著分開人群走向妻的身邊，但妻卻彷彿什麼事都沒有發生，僅是目光平直地看著前方，然後妻離我越來越遠。

那天晚上回到家後妻莫名地向我求歡，熱烈地像是我們明天就即將死去。妻仰躺在我們的床上，喘的像隻離水的魚，我將妻翻身她便以胚胎的姿勢蜷在一起，我感受到妻的脊椎骨一顆顆從她光裸的肉皮下浮出，貼在我的胸膛，我將臉埋在妻的髮間，吸進鼻腔內的是洗髮水的和淺淺的汗味，手滑至妻的胸前，手中傳來的跳動能感受到真實。於是我將呼吸調整成相同的頻率，在這等速且規律的躍動下漸漸地睡去，在昏沉期間我似乎感覺到有些溫熱卻又帶著絲絲冰涼的液體落在小臂上。

我還沒來得及告訴妻我做了個不著邊際卻膨軟的夢妻便離開了，夢中的我站在起了濃霧的樹林中，一隻狀似蜂鳥的天蛾撲稜稜的拍著翅飛向我，細滑的粉末落了一身，輕拍衣袖的瞬間我便來到了妻在故事中說的M城。我走過妻生長的街道，看見了那會讓妻在夜裡感到困擾的螞蟻，有幾隻順著我的褲管向上爬，我伸出手將他們拍落，指頭繞著落單的蟻在地上畫出一個圓，聽說這樣會使牠們迷失方向，從此找不到回家的路。

還未等我看完那隻被困住的螞蟻是否找到了回家的路時便發現自己成了那個跟蹤妻的男人，我在某個轉角處看見了正青春還像一隻青澀幼嫩果子的妻，妻穿著裙擺飛揚的花洋裝，然後我便每天緩步行走在放學的妻後面，可以清楚地發現我和妻之間的距離越來越近，夢中的妻和現在的妻相比有張過分白生生膨潤的面頰，我能在微小的地方發現妻小心掩飾偷偷覷向我的目光以及過分掩飾卻顯得矯情生硬的挑逗手法，舉手搔髮都帶著生疏的媚態，就連蹲在地上摁死螞蟻的時候妻仍故意將臀部朝向這裡。在跟蹤妻的日子裡我每天都可以看到妻用各種手法將那些巨大的蟲蟻弄死，妻最常做的事和我一樣，就是伸出手指將螞蟻圍住，再花一段時間端詳那些混亂的螞蟻，最後將那些迷失的螞蟻摁死。有天妻將停在她裙上的有手那麼大的碧綠蚱蜢提起，兩手掀開牠的翅膀，低頭撥弄著什麼，我發現妻正透過那輕薄的蟲翅看著我。妻似乎將這種行為當成她發明的專屬遊戲，但妻對蜻蜓是與眾不同的，她可以花一下午的時間看著停止的蜻蜓，有天一隻蜻蜓和那隻蚱蜢同樣落在妻的裙襬，妻靜止不動直到蜻蜓飛走，後來我才發現妻會對蜻蜓如此不同或許是因為牠長的和飛機是如此相像。

接著事情就這樣突然發生，和妻告訴我的一樣，我（也就是那個男人）帶著一股不知從何而來且無法控制的氣勢將妻狠狠地拽起扛在肩上，我不知為何竟分外熟悉M城的街道，扛著妻穿過窄小的巷弄，倒在我肩上的妻似乎沒有絲毫重量，輕薄的像是長在我背上的影子。我騎著機車，妻乖順的趴伏在背上，山裡的夜晚清涼如水，空氣略微潮濕，夾克上凝了細細密密的水珠，到達一棟老舊破敗的住宅後，我用一種過分熟捻的手法將斑駁鐵門上搖搖欲墜的掛鎖打開，推開門後迎面而來的灰使趴在我身後的妻打了一個細細的噴嚏。

這裡開始和妻對我說的故事有所出入，我不是抱著妻進屋，而是將幾乎掛在我身上的妻以一種半推半拖的姿勢架進房間，坐的也不是扶手破了洞的褪色麻布沙發，是兩張拼在一起的舊生鏽摺疊鐵椅。我將潮濕的外套脫下抖了抖，鋪在鐵椅上叫妻坐下，接著拿出打火機是為了抽菸，妻躲在我吐出的迷濛煙霧後，抱著腿蜷在一起，山中的霧氣使妻的頭髮微微潮濕，望著我的眼睛懾人的明亮，我不知道妻看著我時是不是和故事中同樣恍惚，外面不斷傳來飛機聲，但我整晚都未對妻說過一句話。

只是我仍然聽見了飛機聲，從遠方傳來。我叼著菸趴在窗台上，看見黑沉沉的夜裡傳來閃爍的紅色小燈，和嘴裡咬著的煙一模一樣，迎面撲來的風使我睜不開眼，飛機是那樣的近，像是擦過我的頭皮。我轉身看向妻，從細窄的窗透進的光暈讓妻朦朧的不真實。妻正望著窗外的天，眼底聚集的水氣像是一座寧靜的湖泊，妻沒自覺地咬著手指，掉落下的指甲像是一張張微笑的嘴。

接著妻便緩步踮著腳輕巧無聲的走近，不知道什麼時候妻將鞋子脫下，於是在灰塵堆積的沙漠中便留下了一排窄小的腳印。妻將溫熱暖和的身看似不著痕跡的倚著我，輕擺身體以求擠進那扇狹窄的窗，妻的手安靜的像隻魚般滑溜進我的掌中，我將手虛虛的攏著，察覺到妻若有似無貼著我的手心開始微微發汗和輕巧的騷動。我沒有經歷過如此安靜的時刻，整座山似乎遺失了可以傳遞聲音的媒介，連自己的呼吸都聽不見，不知道是不是因為沉默，妻的身體開始細碎輕微的顫抖起來，我將手中的菸以妻捏死螞蟻的手法摁熄在窗台，這時的妻開始隨著吹進的風搖擺，鑽進我和窗之間的空隙，用一種蠶食的方式將整個人偎進我身前，我越過妻的肩膀，看見一架又一架的飛機飛來。

接著便是夢境一如往常的斷裂，回過神來我和妻竟在房頂，妻在我懷中像隻兔子般吮著手指，眼中的湖開始傾瀉，大顆大顆如同泡泡般七彩的眼淚從妻的眼角滾落，有些順著妻和月亮一樣蒼白的臉龐流至身上，滑進衣領，有些直直的砸在身上和地上。我伸出食指接住一顆，不知道妻究竟是為什麼哭泣，淚水像一顆冰珠凝在我的指尖，我先是將妻眼角的淚抹去，接著划過顴骨和肉感的臉頰，將聚在下巴處晶瑩的淚擦在掌心，再來是妻纖弱的脖頸和鎖骨，追逐著落入衣間的淚滴，但到最後我分不清掌心滑膩的究竟是妻的汗水還是淚水。過程中我似乎不斷的聽見飛機駛過的聲音，龐大且具侵略性的漸漸將我們籠罩，夾帶的風將妻的碎花洋裝大力的吹起，妻彷彿會和衣裙一樣被吹至空中，這讓我感到恐懼，於是我將妻壓在身下，在這巨大的風和巨大的引擎轟隆聲中無數的顫動從我的指尖從髮梢從尾骨傳來，我感覺到妻的唇軟軟的擦過我的耳廓，隱隱約約的似乎是想穿透過這些聲音的間隙告訴我些什麼，但我什麼都沒聽清。

妻將整個人埋在我的腋窩，兩手交疊地抱著我的脖子，像是某種纏繞類的植物，從我的身體裡長出。但妻的哭泣卻沒有因此停下來，始終持續不斷地，流淌的速度比不上凝結，於是淚珠便一顆顆的串在一起，妻將臉頰貼近，我似乎嚐到了海水的味道。

不知道什麼時候早晨竟悄悄的到來，熾熱的陽光慢慢的攀至我的面龐，即使閉著眼睛卻仍能感受到光芒，在夢醒睜開眼的那一瞬，我竟想不起妻的臉，我甚至不能確定我是否真的有位妻子，就像妻不知道那個男人和那些飛機究竟降落在哪裡。

個人簡介

宋家宏

一九九九年生，桃園人，不善交際的雙子座。畢業於東海中文，現就讀北教大語創所。得過少少的文學獎，不會寫論文，喜歡散文，仍在努力學著寫小說。

得獎感言

關於夢

關於寫作的時間像是作夢，有些時候故事會像清晨五點作的斷裂緊促的夢，有些時候則需要耗費整個夜間才能完整，我們藉由這種近似於儀式的過程將自己喚醒。雖然我不知道這場夢會持續多久，對於寫故事也仍然稱不上熟練，但我仍然由衷的感謝在這段時間給予我幫助的人。

謝謝東海中文，謝謝芬伶老師及叔夏老師。謝謝北教大語創所。也謝謝直至今日仍舊在創作的友人 S 和其他一起作夢的夥伴，使我在半夜走得不孤單。謝謝我的室友，帶給我快樂。謝謝我的家人，還有爺爺，我好想你。

記得友人和我說過夢裡的時間過得異常的快，但我覺得本質上和日常並沒有差別，真要說的話只能是夢中不斷到來的明天。希望無論是不是明天都可以一起繼續孵出一個又一個的夢，或者是共同作一個永遠不會醒來的夢。

小說類

佳作

湖樹

陳新宇

一九九七年前，湖是潔淨的；一九九七年後，湖是骯髒的。

夜，老教授站在湖邊的那塊草地，草地傾斜向湖，像是要把他拖進水中。他記憶中的骨肉、蟲蠅和浮沫無法和眼前的湖水重疊。他實在太老太累了，他的眼已經不能看清楚眼前的湖究竟現在是什麼樣的。他在湖邊睡去，或許有滾進湖裡。那片草地後來長出兩棵樹，樹根延展，在湖底的土壤和其他樹連結。大學說這兩棵樹是要紀念老教授的貢獻，於是種在老教授生前最喜歡去的湖邊。

二〇三七年夏天，老教授死去五十年，大學以他名字成立的獎學金基金耗盡。最後一個獲得獎學金的學生在典禮後的晚上走到大學湖邊，向老教授的紀念樹們致意。

他看見樹下有個年輕男人，正挨著樹幹睡覺。他的頭頂有一隻蛙，蛙安靜地蹲在男人的頭上，見到學生也沒有鳴叫。學生一步步走近，他從未見過大學有蛙或任何其他動物，更沒有想過罕見的動物會這麼親近人。

他伸手觸碰那隻蛙濕潤的青色皮膚，牠張開嘴後又合上，沒有作聲。學生想把蛙捧到手裡觀看，卻發現牠牢牢抓住男人的頭髮，不肯放手。男人因為拉扯而醒來，但他沒有理會學生。他頭頂著蛙，扶著樹幹站起身後走向湖，沿著草地的斜坡。

男人走進了湖，學生跟了上去，游向深處。他發現夏天湖水是溫熱黏膩的，似乎有些魚在親吻他的腳腕，吸啜他的皮膚。走到腳無法著地的水深，他開始游蛙式，否則他看不見前方，會跟丟男人。男人繼續往前，學生只在划起身體冒出水面的時候看到男人的背影，和他頭頂的那隻青綠色的蛙。他彷彿能在水中行走，身影像是一直在水面，不會跟丟，但那身影是混濁的，只有蛙的顏色是鮮明的。

他們來到大學湖的大水管旁，那是一片泥地，他們一起走進泥濘。那條大水管直徑約三米，據說已經廢棄多年。他們看不清裡面有什麼，男人拿出一支細小的電筒，照進水管，圓柱的光柱空虛地嵌入黑暗的水管中，勉強照出一道光線通向前方。

他們憑微弱的光線走進水管，管身無水，乾透，只有他們留下的泥腳印。他們在盡頭看見了一棵無根的樹豎立在水管，碰到了頂端。

而這棵樹上有蛙在居住。

老教授醒來時，兩棵樹尚未播種，所以他不過是睡在一塊貧瘠的草地上。蒼蠅在他鼻上亂竄，他想打噴嚏，於是就醒了。

陽光讓湖面變得清晰，老教授可以看見湖上的污水，白色如膜狀的泡沫包裹水面，許多蔬菜、骨頭和爛肉在擺動，整片湖在慢慢地搖晃。眼前整個湖的水像是緊緊黏在一起，變成一塊巨大的污垢。蒼蠅繼續飛舞，老教授擺手趕走蒼蠅。有幾隻飛往湖，牠們黑色的倒影被白沫掩蓋，蛙突然跳出，撲向蒼蠅，吞食進嘴中。餘下的蒼蠅四散，但湖邊不只一隻蛙，於是牠們被吞食，無所倖免。

老教授看不清楚青蛙捕食的過程，但他聽見呱的叫聲。清晨的湖充滿這種聲音，多年的經驗讓他不用看也知道是蛙在獵食。湖邊站著一些青色的蛙，像是在等候。他醒來時驚擾身邊的蒼蠅，告訴牠們自己尚未變成腐肉，然後蛙就可以食用這些被獵物嚇到的蒼蠅。

這片湖有蛙居住，牠們本來分散在大學不同的水渠，後來自從食堂建成後的幾個禮拜就整群到湖邊覓食。本來會拜訪的候鳥在蛙搬來前已經消失，老教授養的鴨子和錦鯉死去，成為湖中漂浮的羽毛和鱗片。湖裡只剩下蟲與蛙，但即使蛙在這裡捕食蒼蠅，蒼蠅也沒有減少過。

老教授站起來，蛙沒有跳走，靜靜地盯著他。湖邊有一隻小船，是老教授的。他走到小船裡，有些蛙已經坐在船上，他一下一下地划槳，有些蛙呱一聲跳回湖邊。清晨的湖上沒有薄霧，黏膩的湖水在晨光下映照不出任何倒影，濕氣有一股厚重的味道，來自腐爛的生物。老教授覺得自己將要進入這片湖，他將和這個湖一起死去，若這個湖還活著的話。划到湖中心，他能看見湖水、湖邊的草地、山上的新食堂和教學樓以及水管。

湖的各處的味道是有不同的，老教授發現，但所有氣味都被大學的師生統稱為惡臭。沒有活物會想停留，他們選擇死去，像魚，像鴨，像樹，只有他、蛙和蒼蠅會停留在這裡。但通常越接近水管，湖水上越多穢物，反而沒有了那種能撬開人的喉嚨，要讓人嘔吐的腐臭氣味。那是純粹的食物混雜然後堆積在一起的味道，雖然不算好聞，但至少能忍受。

食堂建成已經幾個月，老教授每天都會划槳到那條巨型的水管處，看著剩餘的食物如何從那條管道一直輸送到湖中。管道向下斜，湯水汁液會帶著固體的骨肉菜飯流淌到湖中，然後蒼蠅依附在這些剩餘物上。

但今天水管邊的水卻是腐臭的，沒有新的殘餘被送進湖中，可食堂仍在營業。

老教授決定走進水管。

男人把蛙從頭上拔下來，放到腳邊。學生看見蛙一下一下跳回蛙群中，牠們似乎居住在這裡。

「為什麼這裡有青蛙？」學生看向男人，男人看向樹上的蛙。「我在這裡讀了一年書，從來沒有見過湖裡有動物。」

「牠們一直都在，只是一直藏在這條水管裡。」電筒照到蛙身上，牠們被光照到後原地跳了跳，嘴巴不斷開合。學生從光中看見青蛙嘴裡赤紅的舌上有黑色的條紋，他突然發現蛙從來沒有叫過，這整條管道只有他們的說話聲，以及蛙落地時，彷彿把一灘泥扔到地上的聲音。

「為什麼牠們不叫？」學生的聲音在水管中單薄地迴響。

老教授的皮鞋踩在水管，皮鞋沾上沒有流到湖裡的菜葉和肉碎。蒼蠅仍在飛舞，嗡嗡地拍動翅膀，然後被跟隨老教授來的蛙吞下。呱呱的叫聲在水管裡有回音，像是整條水管到處都有蛙。水管內是漆黑的，老教授拿出一支大電筒，光足以照亮眼前的管道。約走了兩分鐘，他看見了水管深處阻塞的原因。

有一大群蛙死在深處，數量約有幾百隻，全部都簇擁堆疊在水管收窄的位置。牠們腐化的程度不一，有些只剩下骨頭，卡在同類的屍體上，有些皮膚仍然濕潤，是在今天死去。牠們堆積起來，把食堂其他的穢物擋住，並和穢物一起發酵。

老教授以為蛙只會在湖邊吞食一些蒼蠅，不會深入湖的內部覓食。這裡是蒼蠅產下蛆蟲的地方，一些蟑螂也隨著食堂的飯菜滑下水管。黑黑白白的蟲在廚餘上蠕動，而蛙在不斷吞食這些蟲，把自己撐死了。

他拿電筒照著蛙想要驅趕牠們，不讓牠們繼續吃。光照在蛙身上，牠們的體型較普通的蛙漲大了幾圈。牠們沒有理睬老教授，赤紅的舌頭舔在屍體和穢物上，把依附著的蟲放入嘴裡。老教授蹲下拿電筒輕輕敲蛙的頭，想要趕走牠們，一隻蟑螂卻趁他蹲下爬到他的頭頂。蛙跳了起來，一口吞下那隻蟑螂，並咬住了老教授的頭髮。這隻蛙就這樣固定在老教授頭上，不肯走了。

阻塞水管的那些屍體和穢物需要處理，否則湖裡的污染終將倒流到食堂，讓食堂癱瘓。老教授從水管出來後划船回湖邊，回教職員宿舍洗澡後就到大學辦公室申請人手幫忙。

沒有人願意走進水管，只有老教授這種眼睛老化、嗅覺退化的人才會每天到湖裡研究，然後日復一日地要求整修。那不再是養活候鳥、鴨子和錦鯉的湖，自從新食堂落成後那只是一個排放污物的水溝。於是當職員看見老教授頭上的蛙，她嚇得尖叫，然後請其他職員趕走老教授。老教授的申請書被拿來包住手，捕捉那隻蛙。老教授護著自己的頭頂，離開了辦公室。

「牠們的祖先吃了人類的頭髮，頭髮纏在舌頭和喉嚨。自此之後牠們無法發出任何聲音，即使把嘴巴張得再大。」男人把電筒遞給學生，指了指樹，讓他走前仔細觀察。冰涼的管壁長出了一棵樹，無法穿透，不能在這裡紮根。他把手撫向褐色的樹幹，粗糙，樹皮上有一塊一塊拼合的紋路，能感受到時間。幾米高，這麼高的樹約莫有三十多年歷史吧。樹上無葉，水管沒有陽光，無法進行光合作用的樹，枝條上站著許多蛙。青綠色的蛙變成了樹葉，這樣看的話枝葉繁盛。

蛙吃了人的頭髮，所以無法出聲。學生想起，據說老教授是死在湖裡，在他為大學湖設計清潔工程的某天失蹤，然後他的遺產根據遺囑全部用作獎學金基金。大學的怪談故事之一就是說曾有一個教授在晚上掉進湖裡，淹死了，自此之後湖裡就沒有生物存在，魚、蛙、鳥都忽然消失了。大學湖從創校以來養的錦鯉、飛來過冬的候鳥全部不見了。有人說是因為這些動物啃食了教授的屍體，所以要捕殺牠們，不能讓吃過人類血肉的生物活下去。於是現在的大學湖在清潔翻新工程後只是一個普通的湖，沒有動物，水很乾淨，據說是來自山上的溪水。旁邊種了兩棵樹，表揚教授熱心服務，樂善好施，為清潔大學湖不遺餘力。

「只有牠們嗎？」「是的。」

「這棵樹是牠們自己種的嗎？」

「那個湖雖然很髒，但只要把連通食堂的管道給清理好，接一條新的到幾年後建好的那個污水處理廠就能讓它重新變乾淨……下課以後我會去清理那條管道，有沒有同學願意和我一起來？一個、兩個……好，下課後你們先回宿舍換套可以弄髒的衣服，我們在湖邊那塊草地見。」

學生們到了湖邊後忍不住嘔吐，老教授讓沒事的學生去照顧有事的學生，自己一個人前去清理。他拿著一把鐵鍬和一個桶，放進小船裡，然後划到水管。學生們望向教授的背影以及他頭上那隻鮮豔的蛙遠去，教授駝背，但他划槳的動作有力，劃破了湖面白色的浮泡，讓學生們看見湖水的顏色原來是綠色的，和蛙一樣。教授的背影逐漸模糊混濁，但他們始終能看見那團綠色的蛙。

這天的水管沒有動物，因為那些屍體和污物經歷幾天的沉澱和擠壓後，僵成一大塊固體，色彩繽紛，已經完全堵住管道，連污水也不能流出來。白色的油脂包裹殘肢和不同顏色的廚餘，凝固。蟑螂蛆蟲無法咬穿那塊固體，於是沒有出現，自然也不會有蛙，除了吃了老教授頭髮的那一隻。牠從那天起就跟著老教授吃掉他身邊的昆蟲，於是沒有蒼蠅再能打擾到他。

老教授拿鐵鍬輕輕敲了敲那塊固體，沒有反應，於是只能用力劈向那塊固體。劈碎了一個角，落下一些殘肢和骨頭。把它們裝進桶裡之後繼續劈，但剛裝滿一個桶老教授就沒有了力氣，要回去休息。蛙幫不上忙，只是在他身旁蹦蹦跳跳。

當老教授回來的時候，學生在湖邊等待他。他們看見桶內一些不知名、不規則、無法辨識是什麼生物，但應該是屍體的殘肢以及大量腐壞廚餘後，更多學生忍不住嘔吐。老教授讓他們早點回去休息。他在湖邊尋找了一些適合種植的空地，從這些物質中揀取有用的製成肥料後施進土地裡，然後種樹，這是他開始一個人清理這片湖後兩個禮拜所做的事情。他想那些廢料和屍體也是有用的生命來源，況且他希望那些蛙入土為安。蛙總是在他施肥後從他頭上跳下去，站在那些埋葬了其他蛙的土地上，張開嘴巴想要說些什麼，卻又無法發出聲音，然後回到教授的頭上。

往後他一直都在清理那片湖，直到不知道什麼時候。因為食堂不斷排放污物，而蛙總是會被吸引到水管處吃掉那些蒼蠅、蛆蟲和蟑螂，所以這是永遠重複的循環。清理少許後又有新的污物，然後重新堵塞。

但湖開始變得沒有那麼臭，這是在老教授失蹤後人們開始發現的。那時清潔湖水工程尚未開始，食堂繼續排污，山上的溪水尚未大量引入。

男人伸手請學生拿電筒，然後叫他湊近點看。

「這不是樹。」他捉住學生的手，揭下了一塊樹皮，樹皮很脆。

「這是蛙。」是蛙的皮膚，死去的蛙的皮膚被堆疊成一塊褐色的樹皮。

學生反射地把那塊蛙皮甩了出去，扔到地下。蛙們見到後開始彈跳，並不滿意。牠們其中的兩隻把那塊皮用頭抬起，然後用舌頭舔上唾液，重新黏貼到樹上。

「你是說，這整棵樹都是蛙的屍體，而這一切都是蛙自己製造的嗎？」男人沒有回話，他把手撫向那塊重新貼上去的樹皮，按壓下去，讓它緊貼樹幹。他按壓許久才把手放下。

老教授最後的記憶不是他的孫子剛剛出生的喜悅，而是那隻一直陪著他的蛙在他眼前，睜大眼睛，張大嘴巴，像是想要說些甚麼，但卻不能發出聲音。他要死了，死在湖裡，一如他多年前的預言。他的眼前似乎出現了一隻蛙，十隻蛙，一百隻蛙，一千隻蛙，他看不清楚，只能看見青綠色。這些蛙張開嘴巴，發出啼哭聲，一如他孫子在他懷中哭的時候發出的聲音。他終於在水管躺下了，躺下以後似乎身體沒有沿著管道的斜度滾進湖裡，而是被移動到另一個地方。他感覺到自己被安放到一個坑洞，然後一小點一小點地有些泥土蓋到身上，直到他全身都被覆蓋。他最後聽見撲通、撲通、撲通的聲音，無數的蛙跳進了水中。他想站起身阻止那些蛙不要跳進水裡，水裡還不乾淨，但卻沒有力氣。就這樣許多年過去，老教授一直在泥土裡。

某天他的墳被一點一點刨開，他已化成骸骨。他的骨被一塊一塊地帶走到某個空間，那裡潔淨而乾爽，沒有穢物也沒有蟲蟻，只是一條廢棄的管道。管道的深處居住了一群蛙，蛙為他重新埋葬，把他的骸骨豎立放置在一代代蛙屍體的中心，然後用口水黏貼住。這個墓碑裡有他的骸骨，顏色就像湖邊那兩棵吸收養分茁壯成長的樹一般，因為蛙的屍體是褐色的，就像樹皮。

他成為蛙群聚的地方。

那棵樹一如湖邊任何其他的一棵湖樹，在潔淨安靜的湖默默生長。他的根無法延展，但他在這片湖中。

學生蹲下來撿起一隻蛙，蛙群聚集在男人和學生身邊。牠們不斷跳動，彷彿在歡迎他們前來弔唁牠們死去的族人。

個人簡介

陳新宇

香港人。二〇〇二年生，現就讀香港中文大學中國語言及文學系三年級，任吐露詩社社長。曾獲青年文學獎。用中文寫短篇小説、詩和散文，正在學習用英文書寫。人生理想是語言經過我後，能變出符合我的美學的作品。現階段夢想則為活著的前提下盡快畢業。

得獎感言

抵抗簡化

讀小學的時候，我們會學到要把分數化約到最簡，那個最簡的分數才是能取分的答案。比如說 1/2 和 2/4，前者是正確的，後者則是錯誤的，因為沒有約分到最簡。最簡是一個約定俗成的要求，所以我們每一次看見 2/4 的時候都會覺得渾身不自在，總覺得這個數字理應被表達為另一個數字，才是正確的。

我喜歡數學，每計算出一題的答案我都會很開心，但我的數學成績很差，因為我只願意看中文字，不願意看阿拉伯字。我每一次告訴別人，其實我喜歡數學，運算的過程讓我很有成功感，別人都會驚訝地看著我，問：「那麼你為甚麼要讀中文系？」。所以我是一個異常的中文系學生。

最近我不斷提醒自己：我要警惕一切的概括性論述，包括此句。比如說把中文系學生這個概念放在我身上——即使我不說任何話你也可以創造出一個我。又或者是我的前男友曾經批評過我的書寫是消費我的家人的書寫，消費一詞何等巨大。

一切對人、事、物的形容都需要小心，因為簡化的論述會把一切統合劃一，然後消解異質。我認為不斷表達是抵抗這種簡化的方法，即使使用最簡論述是最方便的做法，但不加以區分的話我無法找到意義。

所以各位可以劃去我的個人簡介，然後慢慢閱讀一個陌生人所寫的作品了。

評審意見

心的外邊

童偉格

在本屆參賽的小說中，〈心〉的特出，是顯然的。我猜想，這篇作品，說明了一位作者的長期琢磨，以致終於，能就技藝與命題等層面，均對台灣當代小說，作出豐富的個人回應。恭喜這位作者。更詳細的分析，則可參見楊富閔老師的評語。

此外，本屆共選出三篇佳作。其中，〈飛機經過的晚上〉，或許示現了另一種有別於〈心〉的、對小說創作的個人豐富思維。整篇小說，以「我」對妻之一次昔往事件的聆聽、與此事件的奇幻周旋，或遭遇互纏，來反向摹寫更長時間裡，兩人處境的孤寂清冷。以戲劇化事件，反語生活自身的漫無情節；以矛盾書寫，複現吞沒一切矛盾的共處況味。這篇小說自我回應，卻使我讀來，頗為驚喜。

〈仙人掌切開都是紅的〉，則演繹在文學寫作中，相對常見的成長敘事切片。就小說技術而言，作者的切片技術，也許相對稚拙；然而，就細節而言，本篇卻亦相對摯真地，留存了頗具實感的成長痛。尤其難得的，是作者將主角的所謂「真的懂事了」，伸延為對他者病老景況的具體知解，與體感。本篇因此，有別於本屆其他成長敘事之作。

以寓言含括並直書現實，〈湖樹〉的寫作，有其用心嚴肅的一面。而也許，比起簡單表述九七前後，香港劇烈且斷然的變化，作者毋寧更有意對變化前後，什麼是猶然延續的，或形同穢土再生的，作出更複雜的衡量。這確實，是小說文類的應為。也因為命題的複雜、衡量的難度，作者受限於篇幅，而未能充分發揮，是比較可惜的。我個人，滿期待作者繼續發展個人思考。

文學的心結

楊富閔

這則故事從一顆心出發。是一顆簡單的心，也是一顆複雜的心。小說本身，無意之間，回應了台灣文學的諸多命題：父子家國與民族敘事、文學與政治的關係，以及個體在運動之中的存有思索。一顆心，得以牽扯而出的故事，盤根錯節，作者寫來不疾不徐，不僅緊扣心的意象，調度虛實能量的技巧成熟，忽兮恍兮，藉由入夢、集會、乃至暈眩描述，除了重拾一顆心臟的跳動，也繪製出了故事那若隱若現的輪廓。結尾的哭泣，是一個長鏡頭，邀請讀者一起置身其中。這場哭泣，只能感受，無法解釋，後勁極強。〈心〉細筆刻劃國家／個人、政治／文學的多重糾葛，篇幅不長，但已讓我們預視二十一世紀台灣小說寫作的一個新轉折與新方向。

海豚飯店

楊聖緹

散文類

首獎

「這是什麼地方？」

言叔夏寫過：「後來的那些日子總有某城的影子。」我的後來的白天和夜晚，也始終背負著那某樓繼承過來的斷裂。像太短以至於斷在美工刀柄裡的刀片，沒有用處了，卻也挖不出來。伸手去碰，只得流血。

●

「居然變成二十歲了覺得有點像傻瓜一樣。」直子說。「我完全沒有變二十歲的準備。感覺好奇怪。好像被人家從背後硬推出來似的。」——《挪威的森林》，村上春樹。

●

前一陣子社群上流行分享二十歲，我也翻了一下當年的圖文。「秀出你的二十歲」，他們是那樣說的。

原來曾經擁有過某樓的戶籍，已經是六年前的事。

某樓有一個考古而來的名字，叫做海豚飯店，這是確實存在過、紀錄在史冊上和黃色電話簿的一座飯店。那尾海豚臥龍在信義區邊陲，精準倒臥在轉角的畸零，背鰭隆起成一座兩層樓灰暗公寓。一座細長的飯店，二十歲一整年，我被那裡包含著。

海豚飯店事實上是一座酒吧，經營者是二十歲的P，我遇見他的時候，P剛從上一場戀愛掙脫過來，休了學，賣掉長途旅行的廂型車，頂下這間破落的雙層公寓。他不說「女孩」，而說「女孩子」。活脫是個村上春樹式的「我」。

P在架上放滿村上春樹，盜印幾十張A4電影海報，擺上幾個蠟燭，在二樓的白牆漆上一隻偉大的藍鯨。酒單的名字：千年女優、花樣年華、月昇冒險王國、愛在黎明破曉時。現在回想起來，那是多麼符號而俗套的文青小店，但它確實曾經是我的。

二十歲的某個晚上，失眠多日的我，追著背上怪異斑點的羔羊，敲開飯店大門。

初初認識海豚，以為是座寫字樓，那時接近午夜，店裡兩三人傳閱一台筆電和幾支菸。原來他們要在當日截稿前，協力投稿一個文學獎。準確來說，是匿名的、非法的、集體的，投稿一個高中文學獎。夜裡煙霧瀰漫，連不太上的藍芽音響傳遞若有似無的音樂，樓裡全是打字聲響。一人手指跳停，猛然冒出一句：「你這店名一定要這樣取嗎？我討厭村上春樹。」喂，我默默想道，這是人家的店吧。

「直子還是綠？」那是P問我最初的幾個問題之一。

回神過來以前，我就住進那座古老的旅館。我們窩在吧台談文學和歷史，談電影和理想，談這座酒吧以外的世界如何辜負與失格。我在那裡抽了第一支菸，和後來的三百七十八支。夜裡室友熄燈，我就翻身下床，從辛亥路轉進臥龍街，用熟悉又有點狡猾的姿態，溜進海豚肚子裡。敲敲已半掩的鐵門，踱步上二樓牌桌。要小心翼翼鋪上桌巾，生怕招惹樓上耳膜和精神都纖細的女人。

二樓也放電影，沙發搬開，露出一小截清冷白壁，很爭氣地尚未確診壁癌。投影機功率極低，片源也總混雜模糊，我總在瞌睡裡一搭一搭的看，看那個殺手和一座盆栽，還有一群操著口音的愛爾蘭青年，醉生夢死、夢死醉生。

店裡來往的臉孔總有變異，但大家並不十分在意對方白天的模樣。只要牌桌有人，只要喝醉有人，海豚就能在月光裡泅泳無憂。而P總是在櫃檯後，擦拭第一萬支乾淨的玻璃酒杯，作他故事裡的主角，我們都只是繞進他漩渦裡的甲乙丙丁。

有一回我迷糊醒來，天已微亮，朋友從上方俯視我，示意我應該起床，看顧我整夜的他得去刷牙。原來我整夜醉臥在門檻邊上，客人進來得跨越我的死屍。隔壁早餐店剛剛開門，我點了一根細菸，和一盤玉米蛋餅。

符號和文字在那裡失去意義，結繩的記號是筒裡的菸屁股，牌桌上的貨幣是冰棒。半夜兩點半，我們暫離小樓，到鄰近的便利商店挑選 Oreo 冰棒和小美冰淇淋，由輸牌的人買單。順道和大夜班的龍哥聊天，聊他在義大利交換的兒子、聊他輝煌的年輕歲月。那時我已經學會俐落地買菸，像說出一串咒語，我在那現金和菸盒來往的超商櫃檯上，幻想自己出演黑幫電影。我們把銀彈糧餉補齊，扭身再回到樓裡，有點中二、有點造作，可是頹然而快樂。我以為二十歲是那樣的，而我終於長大了。

我們在深夜相聚，清晨各自離去。早晨的臥龍街看起來有些陌生，我在左轉前扭身再看昨夜殘骸，彼端是座海市蜃樓。

白日補眠，我總是半闔眼皮。也許是這樣現實與夢境來回討好的姿態大不敬，惹怒夜寐的神靈。

●

我老是記不清當年第一句傷人的話是誰說的？

P像所有村上春樹的第一人稱一樣，再度與一個可愛的女孩子談了戀愛。而女孩子和「我們」並不那麼互相欣賞。她在夜裡來電把P喊走，說自己距離死亡很近。P開始戒酒，為了半夜隨時騎車離去，拯救高塔上的公主。是的，她是直子。

有時總是那樣，對嗎？以為絕對耗盡的打火機，卻能不經意打出星火。破爛爛的愛情友情或什麼情的，沾進酒精大桶裡，幾個孩子全都摔了進去。司馬光趕過來翻倒水缸，人和器官全全錯位，我的心肺翻到誰的肚臍眼上，誰的嘴對不上我的臉。

幾個杯盤被摔在地上，哐啷哐啷，嫩白的肉腹被利刃刺傷，海豚不再擱淺，在汩汩的鮮血裡翻滾。桌椅和招牌全都翻倒以後，氣氛早就不能再照舊。長久的沈默以後，我站到吧台裡洗一支玻璃酒杯。牆上的藍鯨在某句爭吵時悠悠潛進地底。P已經飛車離開。

海豚死在那年年底。

年底，我離開二十歲，無人生硬推我，蒼白無謂地老過直子的年紀。確實很像傻瓜。

挨在昏黃二樓看過的電影都成了隱喻，猜火車的續集那樣。二十歲裡頭我們尖聲笑鬧、急急地要去背離世界，失眠和瞌睡互相纏絞；再離開海底，我們已全中年而蒼老。我沒有再見過幾個飯店裡的幽魂，也許白日裡的面孔也認不清。

我從海豚飯店退房，高掛鐵門鑰匙。回到正經的課桌前、擠著眼睛，把幾乎被當光的學分密密縫合起來，許多時候都流下淚水。曾經我們貪婪花用作夢的鐘點，只能用過於清醒的正直來償還。

怪醫黑傑克的故事是那樣：遺忘在腹內的手術刀被某種黏液和超現實的生命力包裹，最後永恆地住在腹腔裡。那個夜晚斷尾的刀片也留在我的腹內，成為能言但不擅說的包裹。或者像那次吃魚，細小的魚骨卡在喉頭，伸手去挖，居然流血。無論長大到哪裡，我體內終究有那截斷裂的東西，隱隱翻滾，隱隱遙遠。

我終於把海豚飯店給包含進去。

我戒掉萬寶路涼菸，用正楷真名投了幾次文學獎，老老實實畢了業，做起世上最無聊穩當的工作，成為打卡鐘和打卡鐘間的洩氣皮囊。

正直的平凡的生活裡，我偶爾會想起多年前的那座陰黑酒吧。舊址是否還有孤魂逡巡，和大夜的龍哥相熟地聊上幾句？得回名字和身分的酒客都去了哪裡？P呢，是不是又正在遠方某處嘹亮地談戀愛，捲著清晨的被窩，觀察某個女孩子的耳朵？那些現在看來荒唐而幼稚的一連串決定，是不是也被寫在某人的夢裡？

我再也不能讀村上春樹，他也成為我那俗濫的、二十歲的註解。

早就不再二十歲的某一天，我又能睡覺了。

「我經常夢見海豚飯店。」

個人簡介

楊聖緹

一九九七年出生於台南，雙子座，畢業於公館大學。宣稱喜歡做瑜珈，但下犬式腳跟永遠踩不到地。上一個身份是中學國文老師，現在則是教育現場的逃兵，暫且窩藏於倫敦大學學院。佛系經營粉專「城市觀影窗」。

得獎感言

接生海豚

參加文學營時剛卸下教職，兩手空空腦袋空空地就來了，除去倦容什麼也沒準備。第一天聽著導師高翊峰老師談著散文與小說的邊界，談著人與故事是一顆顆洋蔥。我心裡忽然蠢動了什麼。首日營期結束，我回到宿舍裡，與初相識的室友聖云打過招呼，接著問她：「妳有投稿嗎？」她說：「沒有。」我下一句話衝口：「還是，我們現在來寫？」一旁已投稿的室友／詩人宜柔立時鼓勵我們，我和聖云便各自縮在大學宿舍木桌前，打開小小發光的螢幕，開始浩大的敲打工程。隔天一早，我們起了大早跑到校園外緣的便利商店，慎重列印稿件。〈海豚飯店〉是這樣出生。然而，故事也不純然是在那個夜晚降生，牠實際是一具難產多年的高齡胎孩，幾次浸泡在全空白的未命名文件。我總害怕自己把海豚寫壞，因此總是中止、總是遺棄。感謝高老師次次導師時間的佈道，感謝室友宜柔和聖云備好一座安全的寫作產房，感謝文學營裡蒸騰而讓人激動的空氣，最終，海豚得以呱呱墜地、爆哭猛烈，十隻手指、十隻腳趾。感謝飯店裡的人：呈呈、千千、誌瑋、P，以及所有往來的面孔。最後，就讓我在文學營的獎項裡、有些造作而害羞的——感謝文學吧。

佳作

散文類

毛球病

方億玲

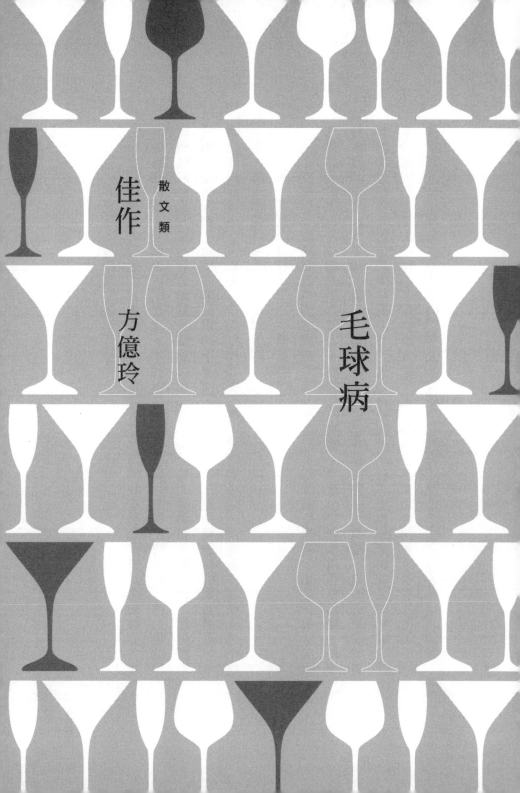

我一直在等，母親完全忘記我的那一刻。

母親確診為失智症前曾走失一次。當時人在台南的我聽著她在電話中的敘述，知道她整整穿越了半個中正紀念堂，才發現自己正走在與回家相反的方向。掛上電話想起與她的相處，第一個念頭就是懷疑母親失智了。於是大量閱讀相關書籍，想用書上的知識證明母親生病了。但父親卻不認同。他只說母親一定是精神科的藥物過重，一時之間錯亂迷失了。走失已是兩年前發生的事，當時的母親，才從罹患乳癌康復不到一年。沒人準備好再次面對母親生病。

母親，其實沒有真正全然的健康過吧？

小六那年，母親面對爺爺的驟然離去，沉寂已久的躁鬱症復發，那是我第一次眼見精神疾病患者。持續的坐立難安，爆炸性的咆嘯；半夜出門與出現各種幻覺，無預警地興高采烈以及失落抑鬱。年幼的我不知道這些是躁鬱症的病徵，更不清楚如何與精神病患相處。對母親的情況沒有一絲心疼或同情，只有反覆惡意與囂張的怒氣。後來母親因為過度失控住進了精神療養院。近乎是每日，父親都開著車載著我與弟弟前去探望。必須穿越三道重重的門鎖，才能進入母親居住的空間。她身穿蒼綠色的病服，被大量詭異的平和與素淨圍繞，完全成為另一個他者。反應變得遲鈍，說話不再跌宕起伏地使人害怕，人變了，沒成為我期待一位母親會有的溫柔樣貌，更不是記憶中生養我的母親。眼神空洞地看著我們，我們只是貼有家人標籤，站在她眼前的陌生人。

母親出院，回家路上她試著聊聊這段日子我們所發生的事。課業還好嗎？家裡的一切都還行嗎？我沒有說出在她住院的期間，其實我也住院開刀。這是父親不允許說的事情，他說母親聽了只會擔憂。而我只想告訴母親，離開手術室逐漸清醒的我，全身赤裸著只穿著手術衣，在那刻，我的內褲竟然是陌生的阿姨替我穿上。我好想用力大聲地告訴她：「應該是，也必須是你替我穿上內褲的，因為你是我的母親。」

等待車子到家我告訴自己，一輩子都別說吧。母親回家了，沒有任何喜悅，只感覺並肩的母親，不再是也不會是從前的母親了。時間一久，家中不再談起母親生病的事。以為不說就不曾發生過。全家人努力展開新的生活姿態，許多的刻意繞道，過多的禮讓與扭捏的溫柔。

我想像母親的病事是小小的毛球，想從身上撥開彈指將它遺棄。不再與母親有親密舉動，連話語都盡量減少。以為只要與母親離得夠遠，就能把這段病事留在原地，我實在無力用全部的生命與氣力面對著它。毛球看似輕盈卻無比沉。開始不常待在家，不主動報備行蹤；即使是不那麼喜歡的朋友邀約，我都盡可能地出門。深怕一待在家與母親相處，毛球會長大，爬滿我的全身。

日子依舊，把長大當解答。對母親的不諒解與埋怨，解讀成幼年無知，不經世事沒有智慧。對母親的期待，想成是女兒總會過度投射與幻想。

在母親身上罹患乳癌與得到失智症，呈現兩種截然不同的結果。乳癌是會報上名號的敵人，能夠知道它的來歷與底細。只要能把身體這支軍隊調養得宜訓練好，要擊潰敵人不是難事。經歷了六次化療與近一年持續地進出醫院進行治療直至康復，母親是六人病房中唯一療程結束後，沒有消瘦反而發胖的人。這趟病程，身為家中唯一的女兒，我是最適合陪伴母親住院的人選。我將之當成執行任務，把所有日常要事當成待打勾的選項，不去關心她難受的化療過程，機械式的說話與行動，心想只要完成任務。

母親再次生病了。我意識到她的病事在我身上發出的毛球，始終黏滿我的全身，密麻地將我完全包裹住。不知不覺地，我住在毛球裡。毛球有大小細微區分黏住我的呼吸道，貼在我的血管壁，占滿了我的視線，纏繞在我的四肢。時而看得見，我知道母親的病症影響著我。時而無聲無蹤，寄生於我的生命。

毛球又出現了，它說「如果母親沒能痊癒，你也不會好。」

失智症確診那日，醫師平緩地分析母親的病情。大腦將來會如何退化，病者與家屬未來會面臨的狀況與各種照服的建議。看著身旁的母親，想逃開卻充滿罪惡感。對待母親，不願坦承的關心，不願細膩的付出，毛球又作怪了。從心中開始作癢與一點又一點冒出頭，這次與之前不同，是針扎般地刺痛。

失智症來到時全家人無從備戰，即便閱讀大量專業書籍與醫師的貼心提醒，當面對正在退化的母親時，時時刻刻我都在想，一切到底為何會發生？是因為我把母親的病視為毛球，多餘、視之厭棄才招致母親受難？若是可以，我希望母親受的苦，全然替換成我身上的毛球，總有一天她會忘記她是我的母親，或許不自在，但最後那一天可能會是新的開始？

眼前的母親與我同樣擁有一天二十四小時的時間，她的眼神是空洞的，時間於此混濁般凝結，沒有光只有越暗的恐懼。時間不再具有任何意義。我看不清眼前的她是用什麼姿態存活著。某部分的她石化，無動於衷，某部分的她融化無形無魂。母親成為新的母親，生活依舊日常卻平行。

持續且穩定的吃藥，是唯一能讓母親減緩惡化的方式。加上長年躁鬱症的用藥，與不知何時開始使用的帕金森氏症藥物，母親藥物用量，整天吃下肚近二十多顆。為了預防母親用藥的錯誤，我成了母親藥盒的主宰者。每隔兩周把藥丸安放進正確的格子。格子就是母親繼續活下去的必要。面對母親越發不斷的病事，我比身為病者的母親更激動更反抗。每次分藥時的我，都會有可怕的念頭。想累積她的安眠藥，利用各種混和奪去母親的生命。自私地以為她肯定活得非常不好，或是不想活著了吧？解脫可能會是更好的選項？

我變成不一樣的人。失眠以外時而無比興奮時而失落哭泣。有時聒噪不停有時無法言喻，情緒的大起大落讓我意識到，我長成了小六那年眼見的母親。於是走入身心科，經過多次來回看診與精神諮商，我正式成為真正的躁鬱症病患。我該怎麼辦？該跟母親一樣去住院嗎？會不會等我回來以後，也會像她一樣變成全然不同的人。

毛球，越滾越大，越發混雜。不停且用力地包裹我，沒有縫隙喘息。從我體內長出來的毛球，強硬地想要佔滿我的全部。原來我的毛球，不是母親生病時出現的，而是我自己面對疾病時無法抵抗的自體免疫攻擊系統。我的毛球，是我的一切，會讓我難受，但也讓我平和地往明天走。它其實是中立的，由我的心決定了他的長相。

「你還好嗎？」

「你辛苦了。」

會診的時候醫師溫柔地聽我說話，盡可能給我鼓勵。我是聽話的病患，按時吃藥，不曾忘記回診。結束看診離開診間的我，不知為何想起了母親確診失智症的那一天。我們都是病人，我是病識感極強的人，雖然不知道如何面對生病後的自己，但我並沒有失去表達與理解的能力。而那日的母親，是一位服用精神藥物超過三十年，才剛平安度過了乳癌可能奪命的危機。從走失開始的一連串的事連結到當日她靜靜聆聽醫生解析失智症狀的過程，母親的靜默，是無感了，還是放棄了？又或是她也扛著一連串病事長成的毛球呢？被無法掙脫的窒息感纏繞著，讓她成為無聲的病者。或許母親也有毛球，她面對的更加劇烈與沉重難解。

如今，面對母親，假想自己是遙遠無關的他人。只因背負著女兒的角色，她的每次疼痛與忘記，都讓我陷入劇烈的害怕與瘋狂的躁動。具體的說，是難以承受的心疼與無間地獄，母親每一次的退化與失能，不只奪去她的靈魂，也摧毀我的靈魂。想起多年來無情冷淡與不斷遠離，各種傷害她的行為，我突然希望，她在未知的以後，所擁有的完整遺忘，都只與我有關。把我的殘忍與幼稚忘記。最終只需要記得自己從未擁有任何病痛，是健康了無憂慮的活著，這樣就好。

我與母親接下來的人生，被無法痊癒的毛球病糾纏一世。我們終其一生，也許都無法自然地擁抱自己的疾病。但會不會這般撩亂無解的毛球，是我與母親間超越所謂血濃於水的親情，最密不可分緊緊相依的證據。我還是沒多開口對母親說貼心的話，沒有增加親密互動。最大的改變，就是接受毛球的存在，而且一點也不想丟棄了。

無論毛球多大，我願意讓它依附著我走向未知的將來。

「別怕，前方一定有光」。

它的聲音，是年幼記憶中未曾長出毛球時，活得亮麗自由的母親。

個人簡介

方億玲

現役躁鬱症患者，又稱雙極性情感疾患。
太陽天秤，上升水瓶，自認是風(瘋)一般的女子。
喜歡睡覺與小酌。
現職為 而立書店品牌負責人 ，別稱無用店姐與專業女兒賊，不努力大王。

攝影／汪正翔

得獎感言

我們終將正視，自己與世界幾乎是同時。

謝謝肯定，原本打算用這次投稿告別寫作。文學營的朋友說「得獎了，就代表文學不想錯過你」。

疾病與書於我，是同等痛苦又痛快的存在。

我想把這個獎獻給我的家人，

哥哥，在我幼兒時期帶我，逃學的時候收留我，不想活下去的時候提醒我還可以書寫。

弟弟，在我生病之時細心陪伴我，在我不夠體貼的時候給了我全然的體恤。

爸爸，在我發病之初，告訴我「你只要快樂就好」。

媽媽，在我最感受不到活下去的力氣時，會撥電話問我吃飽沒有，不曾改變過。

簡媜老師說過：「在湯裡放鹽，在愛裡放責任」，

給陪伴者，你們是最有愛與最有責任的存在，

給病友，疾病只會重新調味我們的人生，就只是調味，無法定義。

性愛成癮
陳寬昕
散文類
佳作

在四坪的租屋處奢侈地擺放一張雙人床，但那是我唯一能夠掌握一切的地方。夜燈昏黃，床架被不斷震動的床墊擠壓地吱嘎響，我不帶一絲感情地把持對方的臀，像是例行公事般地來回扭動我訓練有素的腰，一次又一次，日復一日。有時是男人，有時是女人，於我都沒有差別，我仍舊只管赤身裸體地搖擺以滿足他們對青春肉體的齷齪念想，玩弄他們就像玩弄指尖嚼過的口香糖，隨著自己的來回擺弄拉扯他們無法克制的慾望。

「爽嗎？」不論面對近要直奔三十的單身男子，抑或情竇初開又飢渴春光的同齡女孩，看似在調情的二字是我每次進行報復時為要證明自己完全拿捏住對方的必要問題。靠自學而練就的嗲里嗲氣表達自己的歡愉，或者只管搖晃而緊閉雙眼叫不出聲，都行。當我不需要性、不需要這一切時，我靠著作為生理男性的本能與年輕的招牌，能夠輕易地凌駕這些被性、被欲望糾纏的人們。性的本身無法滿足我，而我藉此得到滿足。

這是在我身上發生最幸運，卻也最不幸的事。

那年我抱著家族的希望考上台北第一志願的高中，第一次離開彰化，孤身搬進那四坪大的雅房，一張書桌、一個衣櫃、一張雙人床。在距離學校四站捷運的租屋處，我耗盡高中三年探索自己，卻從來也沒摸著頭緒。從彰化偶爾捎來的訊息和帳戶裡每個月固定出現的錢無法支撐我面對這陌生的邪惡地方，我靠著幾張修過圖的成績單和幾張調過色的校園風景照欺騙彰化的他們我過得很好。但我一個人踏進這猛獸環伺的競爭洪流，沒有一點可能我得以在台北苟活，從來沒有人告訴我，到台北念書卻不補習的人形同放棄在這波濤洶湧裡掙扎，也從來沒有人告訴彰化的他們，我只能每到放學趕忙奔回我的四坪天地，才能勉強喘息。

但真正讓人窒息的不是我難以入目的成績，而是那些充斥陽剛氣息和賁張情慾的空氣。在男校念了三年，我始終無法理解他們把成功擄獲對方母親當作笑點的日常對談，以及他們轉發河北彩花貼文的限時動態。當他們聚在一起觀賞成人影集，我也曾湊上頭去參與話題，但我就是沒有辦法像他們那樣興奮，看著螢幕裡起伏的肉體與看上去痛苦至極的表情，我感受不到半點刺激。我無法貢獻他們對女老師個性與身材的綜合評分，無法分享他們看到外校女生在校遠裡步行就引人垂涎的情懷，無法找到能夠勾動自己情慾的肉體或者性別。就連校園裡的同志們都有屬於自己的同溫層，我卻不隸屬任何群體，只因為性對我毫無吸引力。

而我始終追不上，那些他們拚命的一切。當青春在他們身上留下痕跡，時間帶著他們向前，我被遺落在了原地。也曾刻意靠近人們，卻找不到任何貪戀的理由，像是一個忘了留孔的鎖，上帝沒有創造能夠開啟我的鑰匙。

我試圖了解自己，但在周遭找不到任何與我相似的人能夠當作答案。於是我試著認識他們，認識這個世界，去體驗性是否真如他們口裡描述得如此美好。我下載交友軟體，用年紀與學校名稱作誘餌，釣上一個個慾求不滿的軀殼。一面鄙視著他們對正值青春的少年竟能有此般下流的盤算，一面褪去自己的制服，將自己獻祭給這群為性上門的餓狼。這本是一件難事，兩個毫不相干的人要在最短的時間內揭露並挖掘彼此的深處，但對我卻極其容易，沒有任何情慾幫助我在褪去衣物時不必害羞或猶豫，在我進入每一個身體時也未有猜測或預期。

我靠著佯裝自己成年卸下他們心防，冷酷的個性和沉默的表現讓這些人不會回頭，二度上門求歡。起初多半是女大生，我以為當我面對著赤裸而鮮明的肌膚和真實挺立的胸會觸發我作為動物的基礎本能，但我仍然提不起勁。後來開始有男大生走進我的房間、二十八歲的外送員爬上我的床、與我同齡的友校同學在這四坪空間自願解開胸罩、另一所男校的學長緊貼我的身體瘋狂吸吮，我嘗試各種可能，想要告訴自己只是還沒找到自己喜歡的性器官，證明自己離正常其實並不遠。但在這一張張來來去去的面孔和氛圍各異的性事之間，射精對我仍然只是生理反應，我愛不上任何一具肉體。我也沒有向任何玩物談起，堅守原則，與他們僅有肉體上的交流。

後來，我卻迷上這種關係。在網路上與陌生的人達成共識，各取所需，我失神地聆聽他們的嬌喘，見證他們的高潮，我能夠一眼就望穿他們雙眸裡的哀求和心底的渴慕，踩在他們對性、對器官、對我的渴求之上，像是支配這一切，以填補我無法被任何事物取悅的心。我不需要慾望，卻極力奔向慾望；不懂性，卻主宰著被性慾綑綁的人們。

我彷彿不配作為人類而被擱置在情感市場之外，卻又依仗著作為人類的基本規則浸泡在情慾世界的中心。同學們對性事的幻想與空談逐漸在我眼裡變得可笑，他們毫無經驗卻大放厥詞地開充滿性暗示的玩笑，而我交手無數卻對情慾麻痺無感，被迫邊緣化卻獨佔上帝視角的我就這麼看著這荒謬的局面，從未打破這矛盾的平衡。這還算是正常的世界嗎？我在自我懷疑與埋怨世界的聲音中尋找自己，卻從來沒有在求完籤詩後得到指引。人們高舉彩色旗幟、吹響多元的號角，宣告純然二分的絕對社會在追求平等的進程上崩塌，但我仍然獨自面對那些質疑，難以啟齒自己真的沒有任何感覺。除了藉由把持人類性慾來作為對這個荒謬世界的報復，我想不到任何生存的辦法。

「爽嗎？」在一次沒有任何邀約的晚上，我一個人坐在雙人床，腦袋裡浮現一個個曾經在此奔騰的赤裸身軀，我這樣問世界。

個人
簡介

陳寬昕

矛盾的人，彷彿一切形容詞在自己身上都能夠成立。遊走在活著與死亡的邊陲，喜歡挑戰人性最危脆與最堅韌的界限，討厭二元對立，卻也恨極了人們口中的沒有標準答案。並不熱愛寫作，寫作只是把雜沓思緒暫放的苟活之計。

得獎感言

把矛盾交給寫作，然後活著

〈性愛成癮〉是取樣於一個從 podcast 上聽來的故事，當時深刻感受到作為一個獨立的生命個體被放置在社會當中所遭遇的強烈衝突與矛盾感有多折磨一個人，才寫下這篇作品。雖然以僅僅一個少年的單一主觀視角撰述，事實上我在他身上安放了多個自己曾經為之糾結與掙扎的矛盾問題。寫這篇文章算是自己對自己當下生活狀態的詰問，問完之後覺得舒暢許多。

所以我並不熱愛寫作，我只是在面臨那些令人窒息的浪時把寫作當作漂流木，安置一些思緒。覺得生活無處不難，卻想簡單地生活，於是想把種種矛盾都交給寫作，然後努力活著。

感謝全國台灣文學營，我在這過程當中找到了可以交付自己作品的文學夥伴，也找到持續寫作的理由。謝謝散文組導師翊峰，謝謝您帶有磁性的嗓音與溫柔的眼神在我下定決心持續寫作時給予我底氣與肯定。謝謝曉樂老師，當我詢問想寫卻不想承認自己不堪的過往該怎麼做時，你點醒我其實已經走在承認的路上，只管放心寫。謝謝文學獎評審，當我還在為連續三年在台積電青年學生文學獎落榜而黯然自傷時，挽救了一個還可能寫作的人。謝謝所有曾經喜歡我文字的人。

樓中樓

陳鋒哲

散文類

佳作

阿姑搬離後，那間奇怪的房間又逐漸被養成恐怖片裡的一幕。在阿姑住的那幾年，唯一倖免的只有那張被當成床的沙發，逃離所有人的雜物堆積成塔。被小兒麻痺的母親就這麼被拋出世界的她，掉進水裡，卻是一點聲音都沒有。當時年紀還太小，加上個性內向使然，我沒有問過「你媽媽咧？」、「你為什麼要搬來我們家？」、「你之前住在哪裡？」這類渾身充滿被風割出傷口來的提問，往往都是在大人的閒談縫隙間，或是我可能又抓到某根線頭的追討之下，某個早晨在與母親的對話裡，趴擦撕開，扯出一團團胡亂陳舊的毛線。像是那間奇怪的房間一樣。

小時候不知道為什麼我很怕黑，想要通往父母親的房間必然要走過那間積滿紙箱與灰塵的房間。拉開門來，是一小段下樓的階梯，房間有兩扇小窗，其中一扇窗台擺著一尊木頭觀音，只有極微弱的光滲透進來，讓我眼前彷彿一面黑水灌注而成的牆，微微跳動著，房間好像也有了心臟。我總是必須先打開燈，下樓穿過廊道後，走進房間找到母親，央求她去幫我把外面房間的燈熄掉。這其實造成了我某種敘事上的困難，我很難向別人轉述為什麼走往我父母的房間必須得通過另外一個房間來達成？等到老房子拆毀，搬進新家以後，才與母親聊到那詭異的室內格局是怎麼產生。她說，那裡原本會是另外一個家（母親說「家」？）。從我熟悉指涉的客廳、廚房、廁所這些「家」的領域之外，順著屋子的水泥身體，某夜忽然就藤蔓般長出來的空間。在母親嫁來這裡以前，那裡還什麼都沒有，只是一堵牆。

我曾經以為那是這棟老房子蓋好時就已經有的格局。時間拉回二十多年前，當時爺爺為了家裡長男的新婚，他沒有另找新房，而是從二樓公寓的房體敲開洞，從旁加蓋出一片更像是閣樓的鐵皮屋，彷彿像積木一樣可以不斷拼接組裝，往後還有二兒子、三兒子、四兒子要結婚，以後，大家全部都要住在一起。這似乎是屬於爺爺的家族大夢，在他死之前都沒有實現的幻夢。那幢閣樓就這樣尷尬地卡在一樓與二樓之間，兩房一廳，一間主臥室一間當嬰兒房，平行搭建出某種家的想像（後來，嬰兒房卻住進了四叔跟他女朋友）。而我才忽然想起母親從不稱那淪為十人家族倉庫的空間為房間，她的說法是「小客廳」。好像才二十初頭便結婚生下我的母親，還依然是個少女的她當時曾被許諾過一個能夠經營小家庭，後來沒被實現的願望。一如我從沒有過自己的房間，而是每當我與妹妹被母親催促在樓上吃完晚飯要趕緊去讀書寫作業時，父母的臥房變作為我們的書房，我們三人之間的暗語是：「趕快下來小房間，不要在上面待太久。」

在我向母親複述這些記憶時，「樓上樓下」反而成為最能精準描述家裡存在的一種矛盾與隔閡。

樓上等於無所事事，電視嘈雜，二手菸，有害的。

樓下等於回到生活，寧靜，空氣清潔，正常的。

阿姑後來搬走是因為與交往多年的男友結婚。阿嬤告訴她：「我們這邊沒多久就要都更，到時候大家都走了，你應該不會想繼續跟我們住在一起吧？」她成功逃走了。而都更成為這個家所有人白天夜裡奔走的夢，彷彿它永遠是建在地平線遠方的蜃樓，只能交給等待。母親從我出生以來，一直是等待的姿勢。等待下班回家。等待妹妹懷胎十月出生辭了工作。等待所有人洗完澡她最後洗。等待我們長大。等待都更。等待這個家趕快分開來住。只有分開來住，才有未來。母親那股強烈濃稠的意念，比起我往後看過任何小說電影裡的人物都還要來得偏執且真摯。

在母親的「小房間」裡，那是唯一能逃離叔叔們吞吐尼古丁的境外之地，但同時我又是如此恐懼於，母親所能掌握的這幢鐵皮閣樓的領土，裡面裝滿她多少無法向外人所道的告密與傾訴。她拿起衛生紙擦掉眼淚邊呢喃低語時，我總會在那刻感覺自己更像是一面鏡子而不是兒子，也許母親眼裡看見的不是我，而是另一個她自己。我聽完總會啞然，更多是不理解，困惑：「你怎麼可以這樣說？真的嗎？」並在太多日子，遇到父輩那邊的家族來拜訪時，在這個家真正的客廳裡有某種不協調感，一股無以名之的恨意。

為什麼你們都可以嘻嘻哈哈的在這裡，為什麼？

而為什麼只有我是跟阿嬤睡在樓上，聽著隔壁房間的叔叔們有的啤酒罐哐啷扔進垃圾桶，有的鼾聲像是電腦主機徹夜不會關機，妹妹卻是跟爸媽睡在乾淨的樓下？複習完學校功課，大夜裡我返回樓上睡眠，腳步聲輕的像是踏在玻璃上，深怕一不小心踩碎家族巨大的夢。滿懷罪惡感的，我有時感到自己既是叛逃者也是被拋棄的孩子，原來我屬於樓上？這導致另一種奇怪的現象；我反而與我曾恐懼不已的「小客廳」建立起了親密的關係。

上國中後，那個夾在樓上樓下、介在其他親族與母親房間之間，類似於甬道的地方成為了我的秘密基地。我喜歡坐在那才五階的樓梯上，偷偷拉開門的縫隙讓冷氣流進來，抽出放在一旁書櫃的繪本與書，一本又一本重複地看，看完一輪就再看一次。一個孩子開始瘋狂看起書究竟是什麼徵兆？陪伴我度過那段時光的是那尊窗台上的木頭觀音，因為下午陽光軌跡的偏移，祂忽然有了不同的陰影切面，經常嚇到我誤以為觀音像偷偷移動了幾公分，或是轉過身，低眉凝視著我。在一半日光一半暗影的流轉之下，為什麼我突然就不害怕了？待在那樣一個置空的閣樓裡，任何人的聲音聽起來都像在遠方一樣。母親在哭泣。阿嬤煮飯打開瓦斯爐的響聲。叔叔們的叫囂。電視新聞。馬路上駛過的汽車。遠遠的。唯有藏在那個樓與樓之間互相對峙撐開的洞穴裡，才有可能誰也找不到我。

那天，母親與叔叔們發生最大一次衝突，是因為阿嬤回桃園大溪老家，家裡沒人煮飯，他們指著母親說：「為什麼你沒煮午餐？」「你們不會自己煮嗎？」不知道為什麼我已經完全不記得那些嘶吼聲的詳細內容，只感覺那像是夏季不開冷氣的無光室內，好幾道遠方的悶雷。也可能他們就只是純粹的叫罵，髒語，沒有內容。以為有內容只是我日後經過一次次曲折的回憶，進行的潤飾加工罷了，好解釋，為什麼衝突就這樣突然發生。還在讀小學的我與妹妹哭到流汗，沒有人管我們。母親使力拉開門，自己一人衝回樓下，碰一聲震得整個家搖晃欲墜。我們哭了幾分鐘，雙腳無力動彈，她才折返，站在那個「家」的洞口一步都不想踏過來，問我們：「還不下來嗎？」

只有分開來住，才有未來。

如今那些隔間早已毀壞，樓與樓皆被怪手折疊成一片薄薄的硬幣，只剩正反兩面的事實，沒有之間的通道可以走過，停留。然而有時可能只是某種濕度，或者一瞬陽光切到我的瞳孔，我偶爾又會重返那樣的現場，正猶豫要不要打開眼前那扇門。因為不管那些樓梯與甬道接通的是母親或是任何親人的房間，我企圖抵達那間最深的終點，也許裡面傳來的是一陣自己的哭聲。

個人簡介

陳鋒哲

二〇〇一年生，台北人，還沒有自己的房間。目前就讀於國立台北教育大學語文與創作學系碩士班一年級，曾獲雙北文學獎、中興湖文學獎、教育部文藝創作獎。

得獎感言

散文這種法陣

面對藉由書寫召喚出來的「我」，那感覺比較像是在遊戲裡另開一伺服器，職業選擇法師，總是只能遠遠的試探，施咒，技能冷卻時間長，嘗試攻擊卻學不會在現實防禦。坐在筆電前，打字打著有時就感覺不小心打到了自己。這也許是在 Word 白色平原，用字畫下法陣的某種代價。散文這種法陣似乎又特別痛；至少對於我來説是這樣沒錯。

我喜歡一個比喻形容散文是「以身相許」，化肉身為傀儡去許一個真誠的願。但在寫作的這些年裡，比起雙手合十的許，我似乎更應該去試著相信。相信散文的願力所重構／重複的人事物，那些過去的樓房，房間裡面的房間，的確從徒勞的現實廢墟裡挖掘出了什麼更真實的東西。唯有先相信，知道會痛，散文這種法陣才有可能啟動，才有可能，讓書寫變成真的。謝謝印刻，謝謝文學營，謝謝所有以不同形式意念參與了我寫作的一切。

評審意見

抒情的羅列

高翊峰

為我寫出我——私以為，這是抒情散文的意義。若在寫時，能以有聲腔的詞彙，完成耐得住輕輕小咬嘴唇的敘事，那會是令我欣羨的抒情散文。

〈毛球病〉具有典型意義，是這一批家庭／關係類型的書寫首選。毛球，確實能成病症——毛球症，Hairball，正式醫學名為 Trichobezoars，是毛孩子吞下過多毛引發的病症。屬人的〈毛球病〉，寫我與母親「兩者」的疾病，吞下過多母女共存的病原體。女者身分成了牽連與沿襲的障礙，也精準直觸文學視角中的病樣隱喻。〈樓中樓〉也寫家。貨櫃組合屋般的家者關聯。主述者活於樓上，是非人之境；其他人在樓下，是凡常活地。命題明確，表達情感處，稍稍用力了些。〈性愛成癮〉不長，是短而有力的「無性者」辯證議論。寫白，不是性的搖晃，而是「無感於性」的針點。狀似性的啟蒙，實是無性存有的探索，更是對愛與性彼此越界的控訴。多一句，這次我個人的遺珠——〈海邊的日子〉，沒有文獎的意圖，寫人與海，建立在極似無聊的日常，卻更流暢抵達了人於一時一地的短暫狀態。私心以為，這類散文值得存續。

延展上述日常抒情文的存續，更躍越讓我驚豔與期待的是：〈海豚飯店〉。全篇完滿初熟，具有氣態質地的個人聲腔，明確且迷人。詞彙描述，也足有文學異體性格的豐饒。作者已有編整敘事的能力，知轉彎處的幽微，多層意象經營與拿捏也深刻。小思索只是——眺望未來的寫為何？然而，更為珍稀的是，藏於〈海豚飯店〉的寫者，是真切於醒著的活者，卻有一塊少有人能觸及的暗處。如此的我，是有話語的筆，宛若宿命已定，以寫叩問——這看似慣行的奶蜜之地，同時腐爛迷離的人間。

想到達明天，現在就要啟程

吳曉樂

本次參賽作品可以水準相當平均，到最後與其說是技藝高低的競逐，不如說是評審品味的（痛苦）抉擇。也就是說，同樣一批作品如果交到其他評審手上，很有可能會產生不同的結果，請每一位參賽者日後仍保持書寫的習慣。以我個人而言，〈海豚飯店〉那好似呢喃、意識流般「想到什麼就寫什麼」的書寫方式非常吸引人，文字不帶鑿痕，卻十足深刻，時有相當有意思，想反覆吟詠的句子。而〈樓中樓〉，透過「家」的物理空間配置來暗指精神上的壓縮與摩擦，穩重、踏實，結尾才讓暗中浮動的情感倏地乍現，很是漂亮。〈毛球病〉同時經營兩條困難的線，疾病與母女情結，游刃有餘，「毛球」的意象也是精巧的設計。〈性愛成癮〉則交出了一個罕見的主題，即使置放在性／別議題蔚為風氣的此時，也有其拔秀之姿。文字底下埋伏著某種生猛的真誠。我很期待在不遠的將來，再次遇見各位的文字。我寫作十年，小小的感悟是，機會永遠是留給寫得出來的人（多麼殘酷……！）。

夢中人

新詩類
首獎

黃予宏

大霧催促我
越過橋墩，越過潺潺耳語
卻讓你
在斑馬紋中迷失
讓你質問路人（為何，神色冷漠）
原本滿室霓虹（以為，我是希望）
在一個淺睡搖曳的意念中
過完太認真的一生
卻過不完
眼前的紅綠燈

雜訊，悲傷乳頭症候群
求婚，蔡依林與海明威喝茶
若是沒有緣由，吉他聲便會刺穿身軀

檸檬，滾輪鴨子，同志遊行與變裝皇后
夜燈下的精靈拿出，燒開的水壺
村上春樹在與我相同的水域吃著魚飼料
未辦事項，煎荷包蛋，激勵紙條
一個沒有臉的人，獨自坐南返的火車
我的淚水和口水一樣多
在一隻擱淺的抹香鯨之後
你出現了

凝望我
一盞燈下撫摸我
眼中，有著好深好深的寶貝
（卻忘了留給我路牌，）
（甚至不允許我駐留。）

……是不是恨我，從未了解你？

凌晨五點零二，驚醒，坐起，環顧，剩我
為何，將禱詞偽裝成輓書
替我收納蝴蝶翅膀
卻將自己留在塵世
不願讓我長成你（捻熄燭火）
眼中深藍的憂鬱（怕我燙傷）
我卻仍然
走向你
才是自己

個人簡介

黃予宏

二〇〇三年初冬生，今年要二十歲了，已經不能說自己是青少年了。喜歡寫詩與散文、不會寫小說、孤獨與自愛在學中、很愛哭、白色控、脆弱真實、善良溫暖。筆名宏先，有同名 IG 粉專。最近讀到最喜歡的字句是：Looked so alive.

得獎感言

無聲

這樣的時光，兩年了，自得到高中校內文學獎以來我仍創作，但再沒有認可的聲音了。一切都太靜默了，對於一個十九歲的少年來說，多麼殘忍。今年五月開始，鎖匙鬆動，我嘗試真心地相信、擁抱自己，順著情緒，〈夢中人〉被寫下來了。這是一篇關於自我歷史的作品，不到四十行，卻是近二十年的低語。活在這世界上，不斷競爭、不斷追逐，也不會有人真切地告訴我，什麼時候該活，什麼時候該放棄。只有自己，只有自始至終站在原地的男孩，傻傻陪我，不問原因。

文學營時，旁邊的女同學看完〈夢中人〉告訴我，她被深深觸動，謝謝我的創作；當我墜入汪洋，我被告知〈夢中人〉得到了首獎。我如此不早慧，卻能被打撈上岸；卻能被告知，其實我還能寫詩。無聲的兩年，無數次夢見那個男孩，小小的眼神，飽含淚水與希冀凝望我，我所能說的卻只有，抱歉。迂迴、彎繞，雙腳從未真的走在正途，雙耳裝滿了他人的建議，而心裡始終沉默。但此刻，我終究來到一個更亮敞的房間，擁有更通透的心靈。你看見了嗎，孩子，因為你，我走到了這裡。我終於能夠承認你的好，不再無懼你的存在。謝謝你，我愛你。

那親愛的，你還愛我嗎？

畫畫

新詩類

佳作

陳思婷

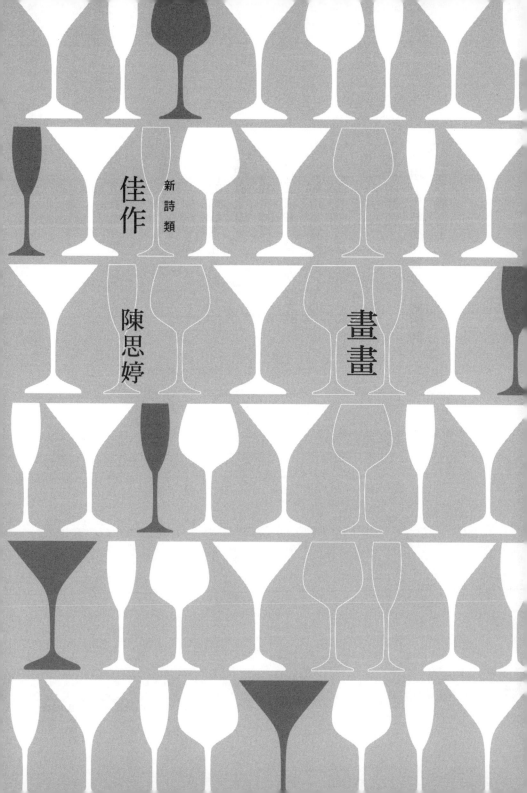

為今天添上一點紅色
時間
就變成了我的血色

回憶的蜘蛛不吐絲
（爬滿全身）
因為我常打掃
內心那積滿厚厚灰塵的房間
（天知道灰塵打哪兒來的……）
（人活著，勢必會留下一些什麼
像是，
情感的髒污……）
打壞了他結痂在我身上瘀的網
索性不織……

曾經以為只要打壞蜘蛛網
便沒傷口便沒痂
於是勤奮地清洗自己
予以錯不在你香味沐浴乳
以為可以蓋掉傷的臭
（智障、腦殘、北七……
以及每一個瘀青又或血流不止的創口——）

我說過了，是我將今天滴成紅色的
（沒有人逼我……
也沒有人……
（活該）
加點黃色，便成了最喜歡的 vermillion 橘世界遂長成了我的天馬行空：
魚以輪子運行
太空一觸可及；
手指脫離人的本體
因為他們都需要自由——

因為筆在我手。

加了一點藍，便泡了一杯咖啡
開啟了早晨：

「不論再怎麼覆加顏色
血都不再純正而童年
的天真也不復……」

於是時間這條黑線
漂白水將他清洗為白
卻再也不是
一開始的白了：

於是我繼續覆加顏色
以時間
衡量人生——

再怎麼黑像沒有路燈的、人生的漫漫長路
漂白水降雨的那刻
便是公雞啼叫的時刻——

太陽升起，又是

新的一天——

一天在變黑一天覆一天一天……

變黑了的今天，還有明天。

個人
簡介

陳思婷

二〇〇一年生。夢想是睡一整天良心不會不安。喜歡吃巧克力體重有如玉山陡峭上升。藝術史忘光光像一片雪白無垠的阿拉斯加。沒什麼顯赫學經歷，但有一顆駱駝選美ㄎㄧㄤㄎㄧㄤ的心。

感言 得獎

謝謝你，使我沒有被世界遺忘

十四歲升學考試時，我曾以為我被世界遺忘了。從小，我一直有人際方面的障礙，被霸凌、被不理解，那時我每天讀十六小時的書，有時甚至沒睡覺就去上課；那時，我以為我被世界遺忘了。同年齡的孩子罵我像智障，聽話聽不懂，說話也不標準、表達不清楚。於是我想，若我無法學好「中文」，這個看似每個人都會、習以為常的語言，我是不是就要被這個社會給遺忘了？大家不會覺得我有困難，大家只會知道，我是一個很差勁的人，於是我決定走向藝術，用畫來表達我的失落。

經過了國中三年的鞭策，我好不容易考上第一志願高中，身心卻被摧殘不堪。

我厭惡自己，我對自己嚴格，每天醒來腦袋都是各種自己死亡的念頭。我知道，我生病了，但我也知道，作為一個多複眼的蜘蛛，被人類厭惡是自然的，那是我的原傷。

十九歲時，我確診自閉症，而直到二十歲我才確診語言障礙。在過往受挫的人際關係中，我時常幻想，未來會有一個很有能力、可以保護自己的我，叫做姐姐，她會拍拍自己，說：「不要怕，姐姐在這」然後我天真地笑了，擦乾眼淚，繼續前行。

很榮幸這次獲得文學獎的肯定，那彷彿在說，即便生命偶有失落、生命的起點不太公平，可是我沒有被這個世界遺棄。如果可以，我想以二十一歲的靈魂告訴十四歲很絕望的自己，告訴三歲第一次有死亡念頭的自己，說：「不要怕，姐姐在這」──謝謝你一直以來的努力，即便世界很殘酷，但你沒有放棄。

暗室
新詩類
佳作
劉倍佐

共居的優點是如何發掘的？
我們窩進一處暗室，入睡時再不點燈
是否會希望有手機鈴聲打斷長夜，打斷
你寬厚臂彎傳來的溫度

早上，你做早餐
敲開一個鮪魚罐頭（愛情與麵包不就兩者兼有了嗎）
八點左右，我們各司其職
上班、上學
你那麼高大又那麼遠

又到夜晚，共居一間暗室
你明顯有濃厚的愛
我遊說自己，提出證據
畢竟血液裡是相同成分的豔赤色

且你如同耶穌以肉體做餐
我當然相應地愛你
稠密的呼吸與言語充斥耳際，你說
掌心環抱是堅實的城堡
摩擦我的小腹與大腿如此磊落

入睡時，依然沒有點燈
暗室吞噬我的外衣
我躺下感受黑暗，不感受你

個人簡介

劉倍佐

台中人，畢業於台中女中，現在在台南大學讀未來沒人要的國文系（聲韻學被當版）。只是興趣使然地寫詩，因此這裡本來應該要寫一些得到過的獎項，卻還是什麼都沒有。

如果到 Instagram 上追蹤 @ziqing_pp 我會很高興的，謝謝啦。

得獎感言

願世上再無見不得光的暗室

我說，我得獎了，要寫得獎感言耶，好神奇。事先毫無準備，問就是在收到信件後糾結了幾天，理組朋友很不解，說這種東西不是掰一下就好嗎？用 ChatGPT 也可以吧。我沒有解釋，就像他不會和我說線性代數和微積分的意義。

詩的存在向來模糊，在文學營三天，聽到許多寫散文、小說的同學互相討論彼此的寫作藍圖，但新詩組很少，在這種文學濃度極高的地方寫作，我都不曾向他人訴說過——詩的願景、詩的內容，更何況是在日常生活中和朋友相處了。

但我還是寫。前些時候學校裡苟延殘喘的文學社和生輔組合作舉辦了以「跟騷法」為主題的詩件徵稿，我選擇跟蹤作為意象，寫出〈你的腳印緊緊依附的是〉，而這次則有感於大量近親性侵的案件，暗室是一個虛幻的代稱，它可以是任何場所，雖然寫的是父親（或養父）的形象，但也可以是任何「那麼高大又那麼遠」的人。以時事、議題寫作投稿，或許會被人說是投機，但我總想著，既然都提起筆、要讓其他人看見了，除了風花雪月之外，還能做點什麼吧？

希望可以一直寫，直到身邊的人也讀懂這些。

我眷養著昨日的悲傷
新詩類
佳作
陳泓諺

我眷養著昨日的悲傷
日暮，牠正從
生活裂出的沼澤中逃跑
潛匿在虛構的黑色森林

牠時常
以火舌舔舐
我腫脹潮濕的夢

我將慾望
結成一顆顆過熟的果子
眷養牠一一只為了
能擁有一個完整的夢

在森林逐漸消逝之前
牠必須
回到那座沼澤
反芻著夜的臃腫
時間的痛

我捻熄了今天的太陽
牠成為了今日的悲傷

個人簡介

陳泓諺

二〇〇六年春。花蓮港中學校就讀中。準學測戰士（荒廢中）。喜歡到學校四樓看海。數學危機尚未解除。

得獎感言

持續搖晃

學測將近，在學業與文學之間不斷搖晃，一直找不到立足點。

兩年前開始接觸文學，受學校老師鼓勵，開始在校內外的文學獎投稿，卻從未得獎。看著身邊的朋友們陸續得獎，開始懷疑自己是否該放下文學，回到在教科書與考卷之中。

感謝評審的肯定，在我搖晃的思緒中定下錨；謝謝陳琳老師，在每個中午與星期四下午，與我討論詩以及文學；謝謝陳繹的陪伴，讓我在文學營仍然能口無遮攔；謝謝甫哥，在我最低潮且靈感最乾涸的時候，陪我討論作品以及卓越。謝謝花蓮高中的老師以及同學們，總是你們帶給我歡笑與淚水，是這樣開放且多元的環境使我成長，使我成為自己想成為的樣子；謝謝亮羽社長的熱情，讓我對詩仍然保有熱忱；謝謝子慧老師，以《修煉》系列開啟了我對於文學閱讀的喜愛；謝謝爸爸媽媽，在買書上從不覺得破費。

最後要感謝花蓮，是這樣的環境，造就了我。在我無助徬徨的時候，總有山可以依靠，有大海可以陪伴。持續在不同的板塊中搖晃，尋找下一個立足之地，並且帶著那種，細緻近乎晦澀的果敢。

評審意見

追憶作為醒悟的開端

曹馭博

在這次競爭作品之中，〈夢中人〉整首詩的修辭感偏強，儘管結構還不太穩定，但搜羅詞語與意象的敏銳依舊讓人眼睛一亮。首段首句的「大霧」便昭告了整首詩的氛圍處於朦朧的隔閡之中，主述者在生活中繼續前進，而那一位看不見的傾聽者（你）好像幽靈或遊魂，繼續存留於世，除了追憶想念，更可能有想與主述者對話的慾望——生與死的距離不斷拉開，讓讀者能在修辭細節中，逐步理解主述者的信念與成長。我認為第五段是整首詩的亮點，將敘述場景從夢拉回現實的動作細節感人，除了昭顯對象的不在場，也為這份夢中得來的失落感化整為醒悟，可謂說是金句：「我卻仍然／走向你／才是自己」

當所愛離場，唯詩重繹時光

崔舜華

此詩起手式相當漂亮：「大霧催促我／越過橋墩，越過潺潺耳語／卻讓你／在斑馬紋中迷失」，「大霧」的迷濛與知感，讓作者與其所欲傾訴的對象「你」之間，產生了霧中看花而無可親炙的情境／情感暗示。第二段將眾多意象並置，一邊敘述北城的生活場景，囊入流行文化與文學名家，透露著生活的細節線索，而「一個沒有臉的人／獨自坐南返的火車／我的淚水和口水一樣多」後，將擱淺瀕死的抹香鯨與終於現身的「你」並置，指涉對象的在場亦已不在場；第五段中「輓書」與「替我收納蝴蝶翅膀／卻將自己留在塵世」更確認了「你」的離場狀態——愛瀕為空缺，思念即浪擲，面臨不可復返的時光的失去和消殞，南歸的「我」的決心依舊：「走向你／才是自己」。全詩語言簡潔無冗贅處，情感收放有其寸度，詩語言格外早熟，獲首獎亦非意料之外。

海豚飯店

二〇二三全國台灣文學營創作獎得獎作品集

作　　者　李羚濘、玄　菡、宋家宏、陳新宇、楊聖緹、方億玲、陳寬昕、陳鋒哲、黃予宏、陳思婷、劉倍佐、陳泓諺
總 編 輯　初安民
責任編輯　陳佳蓉
美術編輯　陳淑美
校　　對　陳佳蓉

發 行 人　張書銘
出　　版　INK 印刻文學生活雜誌出版股份有限公司
新北市中和區建一路 249 號 8 樓
電話：02-22281626
傳真：02-22281598
e-mail：ink.book@msa.hinet.net
網　　址　舒讀網 http：//www.sudu.cc

法律顧問　巨鼎博達法律事務所
施竣中律師
總 經 銷　成陽出版股份有限公司
電　　話　03-3589000（代表號）
傳　　真　03-3556521
郵政劃撥　19785090 印刻文學生活雜誌出版股份有限公司
印　　刷　海王印刷事業股份有限公司

港澳總經銷　泛華發行代理有限公司
地　　址　香港新界將軍澳工業邨駿昌街 7 號 2 樓
電　　話　852-27982220
傳　　真　852-31813973
網　　址　www.gccd.com.hk

出版日期　2023 年 10 月　初版
ISBN　978-986-387-681-6
定　　價　260 元

國家圖書館出版品預行編目資料

海豚飯店
二〇二三全國台灣文學營創作獎得獎作品集
／李羚濘等作. --初版. –新北市中和區：
INK印刻文學，2023. 10 面； 公分
ISBN 978-986-387-681-6（平裝）
863.3　　112015966